LA RANA QUE NO SABÍA QUE ESTABA HERVIDA...

Y otras lecciones de vida

Título original:
La grenouille qui ne savait pas qu'elle était cuite et autres leçons de vie

Diseño de cubierta:
© Opalworks

Imagen de cubierta:
Age Fotostock

Benito Castro, 6
28028 MADRID
emaeva@maeva.es
www.maeva.es

ISBN-10: 84-96231-99-2
ISBN-13: 978-84-96231-99-3
Depósito legal: M-643-2007

Fotomecánica: G-4, S. A.
Impresión y encuadernación: Huertas, S. A.
Impreso en España / Printed in Spain

OLIVIER CLERC

LA RANA QUE NO SABÍA QUE ESTABA HERVIDA...

Y otras lecciones de vida

Traducción:

J. A. Bravo

MAEVA

Índice

Introducción

Todo es lenguaje, todo nos habla: los fenómenos naturales, los experimentos de la Física, los comportamientos de los animales, etc. Los científicos, basándose en la observación de los hechos, extraen de ellos leyes. Los poetas, los filósofos y los sabios, por su parte, observan las correspondencias y las analogías entre fenómenos diferentes, y las formulan en lenguaje simbólico, dándoles forma de metáforas y parábolas ricas en enseñanzas. Ellas ponen de manifiesto la unidad subyacente de fenómenos que no parecen relacionados entre sí, pero regidos en realidad por los mismos principios. Como ha dicho O. M. Aivanhov:

«El lenguaje de los símbolos, que es el lenguaje universal, representa la quintaesencia de la sabiduría. [...] Los símbolos son como semillas que se plantan; de este modo, uno trabaja con una decena de símbolos, y posee todas las ciencias. [...] Es importante profundizar en el lenguaje de los símbolos, porque al resaltar los vínculos, las correspondencias entre las cosas, nos descubre la unidad profunda de la vida.»[1]

«La unidad profunda de la vida.» En eso consiste todo. Las metáforas y las alegorías subrayan que las mismas fuerzas, los mismos procesos, las mismas leyes actúan a todos los niveles: en nosotros y alrededor de nosotros, en el macrocosmos y el microcosmos, en todas partes. El conocimiento que nos proporcionan no es analítico, sino sinérgico: pone en relación, reúne, revela vínculos.

Otra ventaja de las metáforas, sobre todo cuando derivan de la naturaleza, es que trascienden siglos y milenios. Lo demuestran las parábolas utilizadas por Jesús, que todavía nos hablan como si fuesen de hoy mismo. Y lo mismo los símbolos y las imágenes que se pueden encontrar en los Upanishad o en la tradición tolteca, por ejemplo. En comparación, ¿han intentado ustedes leer un tratado científico del siglo XX (sin necesidad de retroceder a siglos más remotos)?

El saber envejece, el conocimiento no. Un signo sufre el desgaste del tiempo, no así un símbolo. El fruto se corrompe, la semilla se conserva durante siglos. Porque al símbolo, a la imagen, los vivifica nuestra propia vivencia, nuestra experiencia, nuestro imaginario. De ahí la etimología de la palabra «conocer», *cognoscere*, «saber con». El lenguaje simbólico es el verdadero portador de conocimiento. Nuestra participación es necesaria para que cobre vida.

Los aficionados a la etimología no dejarán de advertir que la palabra «símbolo» tiene un significado contrario a la palabra «diablo». *Symbollein* en griego significaba literalmente «echar junto», con el sentido de reunir o asociar, mientras que *diabollein* significaba separar, dividir. El diablo, pudiéramos decir, es el espíritu de la división, de la discordia, más exactamente que un personaje con cuernos, pezuñas, rabo y la piel roja. En una época dominada por el espíritu analítico, que favorece el individualismo a ultranza, la fragmentación social, la reducción del mundo a cifras, a estadísticas y a datos sin vida, los símbolos nos permiten volver a introducir en nuestra vida la poesía, lo imaginario y los vínculos, a fin de conferir un sentido al mundo.

Las siete metáforas y alegorías que he elegido para este libro tratan de la conciencia, del cambio, de la evolución, y se inspiran por lo general en fenómenos de la naturaleza o en experimentos de Física. Como no podía ser de otra manera, sus mensajes se solapan, se complementan, se enriquecen mutuamente. En la visión unitaria, que es la de los símbolos, nada existe completamente aislado de lo demás.

Cada metáfora se presta, desde luego, a varias interpretaciones, a varias lecturas que no son mutuamente excluyentes, tal como el símbolo del círculo con un punto central, por ejemplo, puede representar tanto el sol, como el hombre, como en ocasiones el universo entero. Mientras lean este libro, ciertamente irán descubriendo en las alegorías ofrecidas otros significados además de los propuestos por el autor.

Mejor así. Porque la intención es, precisamente, que cobren vida en los lectores y que éstos se las apropien. Que se empapen de la vida y del imaginario de ustedes, para poder así continuar alimentándoles, instruyéndoles, siéndoles útiles, tal como lo han sido y lo siguen siendo para mí.

Sólo me queda desearles «¡buen viaje al País de las Alegorías!».

OLIVIER CLERC

- 1 -

La rana en una cazuela con agua: ¿estamos ya medio hervidos?

Imaginen una cazuela llena de agua, en cuyo interior nada tranquilamente una rana. Se está calentando la cazuela a fuego lento. Al cabo de un rato el agua está tibia. A la rana, esto le parece bastante agradable, y sigue nadando.

La temperatura empieza a subir. Ahora el agua está caliente. Un poco más de lo que suele gustarle a la rana. Pero ella no se inquieta, y además el calor siempre le produce algo de fatiga y somnolencia.

Ahora el agua está caliente de verdad. A la rana empieza a parecerle desagradable. Lo malo es que se encuentra sin fuerzas, así que se limita a aguantar, a tratar de adaptarse y no hace nada más.

Así, la temperatura del agua sigue subiendo poco a poco, nunca de una manera acelerada, hasta el momento en que la rana acabe hervida y muera sin haber realizado el menor esfuerzo por salir de la cazuela.

Si la hubiéramos sumergido de golpe en una cazuela con el agua a 50 grados, de una sola zancada ella se habría puesto a salvo, saltando fuera del recipiente[2].

Es un experimento rico en enseñanzas. Nos demuestra que un deterioro, si es muy lento, pasa inadvertido y la mayoría de las veces no suscita reacción, ni oposición, ni rebeldía por nuestra parte. ¿No es precisamente lo que hoy se observa en muchos ámbitos?

La salud, por ejemplo, llega a deteriorarse de una manera lenta, pero segura. Muchas veces la enfermedad es consecuencia de una alimentación desvitalizada, industrializada, cargada de grasas y tóxicos. Lo cual se une a la falta de ejercicio, al estrés y a una gestión desacertada de las emociones y de las relaciones vitales. Algunas enfermedades tardan así diez, veinte o treinta años en manifestarse. Lo que nuestro organismo resiste hasta llegar a la saturación de toxinas, de tensiones, de bloqueos, de cosas que nos guardamos sin decirlas jamás, de anhelos reprimidos. Los pequeños malestares, sin darnos cuenta, van ejerciendo su efecto acumulativo, lo que, unido a la pérdida de sensibilidad y de vitalidad, determina que no reaccionemos frente a ese debilitamiento inadvertido de nuestra salud. Hasta que aparecen patologías más profundas, más severas y, sobre todo, más difíciles de tratar.

Muchas parejas viven también una degradación progresiva, pero de otro género. ¿Quién podría decir «esta pareja empezó a funcionar mal a partir del 23 de noviembre a las 15 horas...»? No. La descomposición de unas relaciones que no se cultivan, ocurre lentamente. Los silencios, las incomprensiones, los rencores se acumulan, sin recibir tratamiento, sin haber sido comentados con franqueza para ponernos juntos a buscar soluciones. Como un jardín desatendido en el que hacen su aparición las malas hierbas, en el que va cundiendo gradualmente la anarquía, la pareja que descuida su relación no se da cuenta de cómo ésta empieza a declinar de modo imperceptible, pero constante, hasta el momento en que la situación se hace insoportable. De ahí los elevados índices de divorcios que ofrece la sociedad moderna (por no hablar de las separaciones informales, que no figuran en las estadísticas).

En el ámbito agrícola y medioambiental, la alegoría de la rana hervida nos habla de la intoxicación progresiva de las tierras, del aire y del agua, muchísimo más insidiosa y peligrosa que las grandes catástrofes de que se hacen eco los medios de comunicación. Saturados de productos químicos (abonos artificiales, pesticidas), los suelos pierden su masa mineral imperceptiblemente, año tras año. A medida que pasa el tiempo, se necesitan cada vez más estímulos para que la tierra siga produciendo. A este paso, llegaremos a tener que aportarle más de lo que produce en forma de cosechas. Igualmente, y además de las grandes contaminaciones que figuran como titulares de prensa, como la del *Prestige*, son mucho más de temer los vertidos cotidianos, las contaminaciones crónicas de que son víctimas los mares y los océanos. Porque su peligrosidad es mayor, tanto por el volumen acumulado como por su efecto gradual, lento, poco visible pero muy temible. Y que no ha provocado, de momento, ningún «brinco de la rana» que la saque (es decir, que nos saque a nosotros) de esas aguas nauseabundas.

En el aspecto social, se observa una decadencia constante, incesante, de la moral y de la ética. Año tras año prosigue esa degradación, aunque con lentitud suficiente para que pocos de nosotros nos inquietemos. Como en el supuesto de la rana bruscamente sumergida en un agua a 50 grados de temperatura, bastaría tomar a un ciudadano medio de los años ochenta, por ejemplo, y sentarlo frente a un televisor actual, o invitarle a leer los periódicos de nuestros días. Indudablemente, seríamos testigos de una reacción de asombro y de incredulidad. A esa persona le costaría creer que se hayan llegado a publicar unos artículos tan mediocres en el fondo y tan irrespetuosos en las formas como los que hoy leemos con frecuencia, ni que pasen por la pantalla unas emisiones tan descerebradas como las que se nos proponen todos los días. La creciente invasión de la vulgaridad y la grosería, la desaparición de los criterios de referencia y de la moral, el relativismo ético, se han impuesto entre nosotros tan insidiosamente que pocos han reparado en ello ni lo han denunciado. De tal manera que, si pudiéramos trasladarnos al año 2025 para observar lo que ha sido de nuestro mundo si se prolongan las tendencias actuales, probablemente nosotros también quedaríamos estupefactos. Tanto más, por cuanto parece que el fenómeno se acelera (y lo que hace posible esa aceleración es la velocidad a la cual, bombardeados por las nuevas informaciones, desaparecen para nosotros todos los marcos de referencia estables). Observemos de paso la unanimidad del cine de ciencia-ficción, en el sentido de presentarnos unos futuros universos «hipertecnológicos» de lo más sombríos.

Podría seguir exponiendo otros ejemplos del mismo fenómeno tomados de la política o de la enseñanza, pongamos por caso. Pero el principio mismo es bastante patente, y cualquiera puede observar sus múltiples manifestaciones. Dicho esto, quede claro, sin embargo, que si insisto en este proceso de decadencia no es para jugar al catastrofismo, ni para idealizar un pasado ya lejano en el que hubiésemos tenido más salud, más armonía en las familias y una moralidad ampliamente respetada. Eso sería mitificar ese pasado, obviamente. Lo que trato de subrayar con estas afirmaciones es que cuando una situación es la resultante de una evolución que ha ido desarrollándose en un plazo muy largo, las soluciones de urgencia que tratamos de imponer suelen ser inadecuadas, por lo general, si es que a la larga no contribuyen a empeorar esa situación en vez de ponerle remedio. Por tanto, no se trata de volver atrás, a un pasado supuestamente ideal, sino de distinguir, entre las tentativas de corregir el presente, las que no son más que autoengaño y palos de ciego.

Por ejemplo, en lo tocante a la salud, cuando nos negamos a tomar en cuenta esa degradación lenta nos infligimos un consumo cada vez más grande de medicamentos y cuidados de todos los géneros. El descomunal «coste de la atención sanitaria» (aunque si fuéramos realistas, diríamos que se trata de los «costes de la enfermedad»), lejos de ser la característica de una sociedad saludable y que progresa, es el síntoma de una política sanitaria que desconoce las causas profundas de la enfermedad y que, al no aportar más que soluciones rápidas, sintomáticas y superficiales, a largo plazo contribuye tanto a eternizar como a complicar las patologías. Únicamente una política preventiva y de educación sanitaria a largo plazo nos permitiría empezar a contrarrestar establemente la deriva del sistema hacia la hiper-medicalización, teniendo en cuenta que debería transcurrir por lo menos una generación antes de que empezasen a observarse los primeros resultados positivos.

De manera similar, en el terreno social, el crecimiento de la violencia y de la delincuencia, estrechamente ligado a la pérdida de valores que recordábamos en las líneas anteriores, no podrá frenarse con la mera multiplicación de los medios represivos: más policías, más agencias de seguridad, más cámaras automáticas de vigilancia. Mientras no tomemos en consideración las causas globales y profundas de ese fenómeno, que tiene ya varios decenios de arraigo, las soluciones puntuales que se adopten (y que por razones electorales han de ser rápidas y eficaces, al menos en apariencia) no traerán más que un alivio efímero, para desembocar en una recaída a escala más grande. Así, la sociedad occidental moderna se parece a un globo hinchado que se desinfla, y es como si quisiéramos mantener su forma exterior almidonándolo. Incapaces de insuflarle una dosis añadida de alma, a una sociedad que la necesita desesperadamente, nos limitamos a dar más rigidez a las estructuras recargándolas de leyes y decretos de todas clases, cuya multiplicación misma es un síntoma de mala salud moral.

Lo que nos enseña la alegoría de la rana es que siempre que existe un deterioro lento, tenue, casi imperceptible, tan sólo una conciencia muy aguda o una memoria excelente permiten darse cuenta de ello, o bien un patrón de referencia que haga posible valorar el estado de la situación. Pues bien, parece que estos tres factores andan hoy día bastante escasos.

1) Sin la conciencia nos volvemos menos que humanos, movidos únicamente por los instintos y los automatismos. La conciencia, por tanto, es una condición sine qua non de nuestra humanidad. Donde no hay conciencia, no hay pensamiento verdadero, no hay reflexión, no hay libre arbitrio. El hombre inconsciente está dormido, en el sentido propio o en el figurado. Por eso, todas las formas de espiritualidad se centran en «el despertar»[3].

2) Si nos faltase la memoria, todos los días pasaríamos de la luz a la oscuridad (y viceversa) sin darnos siquiera cuenta de ello, porque los cambios de la intensidad lumínica son demasiado lentos y demasiado débiles para que los perciba la pupila humana[4]. Es la memoria quien lleva a nuestra conciencia, a posteriori, la alternancia del día y de la noche. Igualmente, ella nos permite medir todas esas evoluciones sutiles que se producen a un ritmo

muy lento dentro de nosotros y alrededor de nosotros. Sin memoria, no hay comparación, no hay discernimiento; luego, no hay evolución posible.

3) Finalmente, una de las razones por las que acaba cocida la rana sin darse cuenta es, por decirlo de alguna manera, que no tiene otro termómetro sino su piel para apreciar la elevación gradual de la temperatura. Es decir, carece de un patrón referencial fiable que le permita apreciar cómo está cambiando la situación. ¿Y nosotros? ¿Qué patrón de referencia tenemos? ¿Cómo valoramos la «temperatura ambiente»? ¿En qué criterios nos basamos para determinar nuestra calidad de vida, nuestra salud y la salud de la sociedad?

Cuando uno quiere saber cuánto pesa, antes de colocarse sobre la báscula comprueba que la escala esté a cero. Antes de utilizar un instrumento de medida, hay que calibrarlo. De lo contrario, no sabríamos qué fiabilidad otorgar a las indicaciones del contador o de la aguja. Pero ¿qué hay de nuestros propios «instrumentos» interiores? ¿Sabemos cuáles son las influencias socioculturales, familiares, religiosas y otras que han determinado su graduación, muchas veces sin que nosotros lo supiéramos?

Lo que hace posible que las cosas se degraden sin suscitar ninguna reacción por nuestra parte, sin duda es la confianza excesiva en nuestras propias valoraciones, necesariamente subjetivas. Y, por otra parte, nuestra precipitada puesta en discusión de los viejos patrones colectivos, reemplazados por otros de «geometría variable». Por viejos patrones entendemos los que habían establecido las religiones tradicionales, que acotaban los despeñaderos, por una parte, rodeándolos de tabúes, y señalaban por otra parte los ideales a los que era preciso aspirar. Cabría establecer una comparación con el modo en que se inventó el termómetro: con un tubo lleno de mercurio, anotando primero el nivel que alcanzaba al sumergirlo en agua hirviendo, y luego en agua helada, para dividir después en una escala graduada el segmento así definido. Si la elección del sistema de graduación es arbitraria, el agua, por el contrario, hierve y se hiela siempre en las mismas condiciones, siendo indiferente si éstas se expresan en grados Celsius o Réaumur. De manera similar, y tomando como referencia tal religión o tal otra, los actos más loables y los más criminales son los mismos, aunque cada tradición aporte sus propios matices. En cambio los nuevos patrones morales y espirituales no nos ofrecen ya ninguna perspectiva superior, y se contentan con indicar un nivel inferior. El juego, en la actualidad, consiste en ir rebajando cada vez más el límite. El idealismo suena trasnochado a los oídos. «¿Se puede caer todavía más bajo?», parece ser la divisa moderna. La inmoralidad de hoy se convierte en la moral del mañana, en dantesca pendiente que lleva hacia los límites inferiores de la humanidad.

Con esto no postulo el integrismo, ni la afiliación a las religiones institucionalizadas –sin rechazarlas tampoco, que conste–, sino la necesidad de dotarnos de un sistema de referencia provisto de un límite inferior no negociable, y, sobre todo, de un ideal hacia el cual elevarnos. Sin la visión de un mejoramiento posible, ¿cómo vamos a progresar? Sin horizonte hacia el cual tender, ¿para qué movernos? Lo ideal es un remedio para el statu quo y también para la decadencia.

Resultados:

– Aturdida por un exceso de estímulos sensoriales, nuestra conciencia se adormece.

– Saturada por la plétora de informaciones inútiles, nuestra memoria se embota.

– A falta de patrones de medida, carecemos de referencias estables.

– Asfixiado por el materialismo y el consumismo, nuestro ideal cae en la banalidad y perece.

Inconsciente, amnésica y embotada, a la rana no le queda ya más que esperar pasivamente la cocción... Así es como una parte de la sociedad se hunde en la oscuridad moral y espiritual, con la desintegración social, la degradación medioambiental, la deriva fáustica de la genética y de las biotecnologías, y el envilecimiento de las masas, entre otros síntomas que traducen globalmente esa evolución.

El principio de la rana en la cazuela de agua es una trampa, de la que nunca desconfiaremos bastante si tenemos por ideal la aspiración a la calidad, a la evolución, al perfeccionamiento, y si rechazamos la mediocridad, el statu quo, la laxitud. En efecto, la materia abandonada a sí misma no puede sino obedecer a la ley de la entropía. Lo que no se cuida, lo que se abandona, se degrada, da lo mismo si se trata de un cuerpo, de una relación, de un jardín, de la organización social de un país, etc. Todas las cosas necesitan cuidados, aporte de energía, vigilancia, esfuerzo.

¿Esfuerzo? Estamos convirtiendo ese concepto en una palabra obscena: «Pierda peso sin esfuerzo», «Hágase rico sin esfuerzo», «Abra todos los chakras y alcance la iluminación sin esfuerzo»: estas consignas (tal vez en variantes apenas menos explícitas) se nos proponen a través de numerosos medios. «Todo enseguida, todo sin esfuerzo... hasta gratis, si es posible»: ése es el ideal que pretenden vendernos. «Usted tranquilo, que nosotros nos ocupamos de todo», nos explican. ¿De veras...? Lo peor de todo es que ciertos autores no titubean en pervertir varios principios espirituales para justificar una forma teóricamente «iluminada» de abandono, que se supone ha de servir para que los adeptos consigan el éxito en todos los planos: la abundancia al alcance de la mano. Como si todo el universo «conspirase» para hacernos ricos y felices... Como ranas dóciles, son muchos los que se dejan persuadir y se quedan pasivamente a cocerse en su caldo. El cual, ¡qué duda cabe!, va a convertirse en néctar de la salud y elixir de la inmortalidad. Todas ésas son necedades, evidentemente: en ausencia de esfuerzo, en ausencia de una aportación constante de energía, las cosas nos abandonan, simplemente. Y la facilidad inmediata que se nos propone, la gratuidad, suele implicar para luego la presentación de una dolorosa factura, tal como ilustra la historia del doctor Fausto.

El gran peligro del principio de la rana en la cazuela es que, conforme se deteriora la situación, las facultades que nos permitirían darnos cuenta de ese deterioro se alteran también. Como un conductor fatigado que se duerme al volante, cuanto mayor es su fatiga menos conciencia tiene él de su pérdida de facultades, de que está a punto de dormirse, de que sus ojos en vez de parpadear como antes permanecen cerrados durante unos intervalos cada vez más largos. Como cantaba Georges Brassens en otros tiempos:

Entre nosotros, buena gente,
hay que reconocerlo:
que nadie es inteligente,
pero haría falta serlo.

De manera similar, para comprender que soy un inconsciente, debería ser consciente. Para darme cuenta de que he descuidado mi vigilancia, habría sido preciso permanecer vigilante. La paradoja de la evolución personal consiste en que, en cada etapa, voy tomando retrospectivamente conciencia del grado en que, antes, yo no era libre, ni consciente, ni ilustrado, en relación con los niveles que he alcanzado ahora. Sabiendo esto, lo inteligente sería reconocer el carácter relativo y limitado de nuestra conciencia actual, así como de las percepciones y las apreciaciones que de ella derivan. Es decir, no concederles más crédito que el que merezcan, y tratar de superarnos constantemente, a fin de alcanzar una conciencia más elevada y una percepción más justa. O, dicho de otra manera, deberíamos cultivar una forma sana de la duda: no la que impide progresar, que lo socava y lo critica todo, sino la que no se conforma con las apariencias, la que nos incita a verificar, a ir más lejos, a poner las cosas en tela de juicio, a cuestionarnos nosotros mismos, con nuestras certidumbres.

En un plano más general, ¿cómo evitaremos caer en la trampa de la rana en la cazuela, tanto en lo individual como en lo colectivo?

No dejando de ampliar y de acrecentar nuestra conciencia, por una parte. Ejercitando nuestra memoria para que ella conserve los elementos de comparación entre lo pasado y lo presente. Por otra parte, acudiendo a patrones fiables para la evaluación de los cambios, patrones que tendremos buen cuidado de elegir entre los menos sujetos a las fluctuaciones de las modas, de las épocas y de las tendencias. Y, por último, adoptando ideales elevados que sean como el combustible de una constante superación.

No es casual que el entrenamiento y el desarrollo de la conciencia figuren en el programa de todas las disciplinas espirituales: conciencia de sí mismo, conciencia del cuerpo, conciencia del lenguaje, conciencia de los pensamientos y las emociones, conciencia del otro, estados de conciencia superiores. Por encima de todo dogma, de toda doctrina, de toda ideología, es preciso estar atentos a ampliar y perfeccionar nuestra conciencia –que es mucho más que el mero desarrollo de las facultades intelectuales–, haciendo de ello comportamiento fundamental de nuestra condición humana, así como motor indispensable de nuestra evolución.

Por lo que se refiere a la memoria, en un mundo sobresaturado de información es indispensable que sepamos establecer una jerarquía de nuestros recuerdos, marcando con el sello de la conciencia los que sean más importantes, al tiempo que practicamos el olvido selectivo para abrir espacios a lo esencial[5]. Hay en francés dos expresiones que se refieren a la memorización: *savoir de tête* y *apprendre par coeur*. «Aprender de cabeza» es «tomar de memoria», y no suele resistir mucho tiempo al olvido: es la lección aprendida la víspera del examen y olvidada en el momento de entrar en el aula. En cambio, lo «aprendido de corazón», lo «tomado a pecho», subsiste durante muchos años. Es un recuerdo no únicamente aéreo y mental, como un globo que se escapa volando así que lo soltamos, sino más denso, que penetra en nuestro fuero interno y nos empapa como una esponja impregnada de un líquido. Es una tinta que deja marca profunda dentro de nosotros. Si queremos recordar las cosas importantes, es necesario que nos apasionemos por ellas, que las «tomemos a pecho», tanto en el sentido propio como en el figurado.

Finalmente, y para lo que corresponde a los patrones y los ideales, no son referencias y fuentes de inspiración lo que falta. Claro está, puede ocurrir que yo haya dejado de identificarme con la tradición en la que fui educado, o estimar que ciertos preceptos han caducado en los tiempos en que vivimos. Pero, aunque cambie la forma, el espíritu permanece. No tiremos al bebé con el agua de la bañera. Tenemos la suerte de vivir en una época en que la sabiduría de todas las culturas del mundo se halla a disposición del mayor número de personas, y además los representantes de las diversas tradiciones están realizando un esfuerzo por reformular el mensaje de una manera más adaptada a nuestra época y accesible para todos[6]. Hay por tanto múltiples oportunidades para hallar referencias e inspiraciones.

Una palabra final antes de dar por terminada la alegoría. El principio general de esta metáfora –de cómo el cambio gradual pasa inadvertido, y por tanto no se produce la reacción idónea– también funciona en sentido positivo, aunque quizá sería conveniente buscar una alegoría más específica que no concluyese con la imagen de una rana hervida. Es así que los cambios que se producen dentro de nosotros y a nuestro alrededor, a pequeña o a gran escala, no son todos negativos. Pero, aunque sean positivos, de todos modos puede ocurrir que no los advirtamos. En el plano individual, por ejemplo, el mejoramiento buscado a través de un esfuerzo cotidiano (trabajo interior, meditación, oración), no produce efectos visibles a corto plazo. De manera parecida, la evolución de los derechos cívicos o de las condiciones de trabajo ha ocurrido también lentamente, en el transcurso de varios decenios. Sin embargo, cuando no tenemos conciencia de esos cambios –positivos en este caso– sufrimos también consecuencias adversas, aunque distintas de las que origina el fenómeno en su variante negativa. El que no ve los resultados de su trabajo interior, tal vez se desanima y abandona, siendo así que un poco más de perseverancia le habría permitido hallar recompensado el esfuerzo. Igualmente, si no percibimos las ventajas que tenemos ni los derechos que disfrutamos, quizá nos dedicaremos a cultivar la ingratitud y el descontento, mostrándonos incapaces de apreciar los frutos de una evolución tal vez lenta, pero en todo caso demostrable.

A tenor de lo dicho, el elemento más importante en esta alegoría de la rana que se cuece es la no conciencia del cambio, sea éste negativo o positivo, porque la inconsciencia resulta perjudicial para nosotros en cualquier caso. El remedio que decíamos antes, por tanto, sigue siendo el mismo en ambas eventualidades: conciencia, conciencia y más conciencia. De ella depende todo lo demás: ¿de qué nos serviría la memoria, ni un patrón justo ni un ideal, si no nos damos cuenta de nada?

Aquí viene a propósito una anécdota de mi primer libro[7]. Cuando yo tenía veinte años, trataba de cobrar conciencia de mis sueños, con el propósito de reproducir las experiencias leídas en diversos libros de espiritualidad. Ante el escaso resultado de los métodos propuestos en los libros, decidí inventar un sistema propio. Lógicamente caí entonces en la cuenta de que, para tener más conciencia en sueños, convenía desarrollar una conciencia más atenta durante la vida en vigilia. Con un rotulador me pinté la letra «C» en la mano derecha. Esto debía recordarme con la mayor asiduidad posible la necesidad de mantener despierta la conciencia durante toda la jornada. Cada vez que veía el símbolo (es decir, muy a menudo), me marcaba una «pausa de concienciación» durante varios segundos. Entonces interrumpía lo que estuviese haciendo y tomaba conciencia de quién era yo, de dónde estaba, de las opciones de que disponía, de mi libre albedrío, etc. Transcurrida apenas una semana desde el comienzo de esta práctica, empecé a hacer «pausas de concienciación» en sueños, lo cual me permitió tener frecuentes sueños conscientes que podía dirigir a voluntad. Pero, a fin de cuentas, estos sueños lúcidos eran sólo unos beneficios añadidos que me aportaba el hecho de haber mejorado mi nivel cotidiano de conciencia en todas las situaciones de mi vida. En los sueños, cuando se adquiere conciencia, todas las percepciones se acentúan súbitamente: la luminosidad aumenta, los colores parecen más brillantes, los sonidos (y en particular el de la propia voz) más potentes. En el estado de vigilia, todo aumento de conciencia intensifica de modo parecido la calidad de lo que estamos viviendo.

Desde la alegoría platónica de la caverna hasta la reciente trilogía de *Matrix*, pasando por la abundante bibliografía de la espiritualidad, se ha subrayado siempre con insistencia la necesidad de ser conscientes, de «despertar», de no confiar en las percepciones oníricas. Ahora que algunos procuran convertir al *Homo sapiens* en *Homo zappiens*[8], es decir embrutecido por medio de la televisión (versión moderna de la caverna de Platón, sustituyendo por imágenes de colorines las sombras proyectadas en las paredes), nosotros tendríamos mucho que ganar promoviendo al *homo consciens*, el hombre despierto y consciente, rescatado del caldo de la cultura ambiente y a salvo de convertirse en hombre... rana.

- 2 -

El bambú chino, o la preparación en la oscuridad

Dicen que existe en China una especie de bambú dotada de extrañas propiedades. Si se siembra la semilla en terreno propicio, hay que armarse de paciencia... Efectivamente, el primer año no pasa nada: ningún tallo se digna brotar de la tierra, ni el retoño más débil. El segundo año, tampoco. ¿El tercer año? Nada. Entonces, ¿será a los cuatro años...? Que nadie lo crea. Hasta el quinto año no empieza a asomar el brote por entre los terrones. Pero luego, ¡el bambú alcanza una envergadura de doce metros en un solo año! ¡Qué «recuperación» tan espectacular! La explicación es sencilla: durante esos cinco años, mientras no

ocurría nada en apariencia, el bambú va desarrollando en secreto unas raíces subterráneas prodigiosas. Y eso es lo que, a su debido tiempo, le permite hacer una entrada triunfal en el mundo de lo visible, a plena luz.

La alegoría de la rana nos hablaba de un cambio que se producía de manera lentísima, imperceptible. La del bambú chino se refiere a un cambio súbito, rápido, espectacular. No obstante, la una va relacionada con la otra.

El bambú chino nos transmite varias enseñanzas muy importantes. Para empezar, nos demuestra que, aunque no veamos nada, eso no quiere decir que no esté ocurriendo nada. A continuación, indica que ciertos cambios bruscos, o tal vez instantáneos, pueden ser resultado de una evolución lenta, y que por esa misma característica no ha sido advertida por nosotros.

Es lo que ocurre, por ejemplo, con el fenómeno de la condensación en Química. Tenemos dos tubos de ensayo, cada uno de los cuales contiene un líquido transparente pero distinto del otro. Echamos el contenido de un tubo en el otro, gota a gota, muy despacio. Nada sucede, hasta el momento en que, al verter una gota más del primer tubo de ensayo en el segundo, una sola gota, ¡zas!, la solución cambia de color, o cristaliza súbitamente. Quien no hubiese visto cómo echábamos las gotas anteriores, y hubiese asistido únicamente a la adición de la última, tal vez se apresuraría a deducir que una sola gota bastaba para desencadenar la reacción.

Encontramos un fenómeno similar en los condensadores eléctricos. Estos dispositivos (que están, por ejemplo, en los intermitentes o los limpiaparabrisas de los coches) acumulan la corriente eléctrica hasta que se alcanza un determinado valor de la carga, en cuyo momento liberan súbitamente toda la corriente, y se acciona una bombilla o un motor.

O, para terminar con los ejemplos tomados de la ciencia, los electrones que giran alrededor del núcleo atómico lo hacen siguiendo distintas órbitas, a cada una de las cuales corresponde un nivel de energía. Ningún electrón puede gravitar entre órbitas. Lo cual significa que, para cambiar de órbita, el electrón debe acumular toda la cantidad de energía que separa a la otra órbita de la suya. Si lleva el 90 por ciento de la energía de la órbita siguiente, permanecerá en la que estaba. No podemos ver la energía acumulada hasta que el electrón «salta», cambiando súbitamente de órbita, que es cuando ha traspasado el umbral de energía necesario para dar ese paso. Esa cantidad de energía se llama un *quantum*, y por eso se denomina «salto cuántico» el cambio de órbita del electrón. Se ha generalizado, por extensión, el uso de esta palabra para calificar todo cambio radical, que sólo se produce cuando se ha alcanzado cierto nivel umbral de energía acumulada. De manera parecida, el bambú chino realiza su crecimiento excepcional hasta doce metros de talla sólo después de desarrollar un sistema de raíces suficientemente extenso para proporcionarle la cantidad de savia que va a necesitar para su hazaña.

Podemos observar el fenómeno del bambú chino en numerosos ámbitos humanos diferentes. Ignorarlo suele conducir a interpretaciones equivocadas de determinadas situaciones. Por ejemplo, cuando nos alarmamos inútilmente por la falta aparente de una evolución positiva. O, por el contrario, si buscamos tranquilidad y seguridad en la engañosa inexistencia de un cambio negativo, cuando en realidad éste sólo está esperando un momento oportuno para manifestarse.

En materia de educación, por ejemplo, algunos niños progresan de una manera constante y regular, mientras otros parece que se estancan, que no evolucionan, y van acumulando atraso. Sin embargo, entre éstos se encuentran muchos «niños-bambú» que, llegados a un cierto estado de su imperceptible maduración interior, despliegan sus facultades y dan un repentino paso de gigante en su evolución, alcanzando y en ocasiones incluso superando a los que nos servían como términos de comparación para juzgar que aquéllos se atrasaban. Por citar un ejemplo, recordemos que Einstein no rompió a hablar hasta los tres años de edad y que a los siete sus maestros le juzgaban «retrasado»... Un mejor conocimiento de la psicología de cada uno –se dispone de baterías de tests de todas clases a tal efecto–[9], debería permitirnos distinguir entre esos niños y los que presentan un atraso real. Muchos padres y muchos educadores se ahorrarían inquietudes innecesarias. Y los alumnos de desarrollo cuántico dejarían de ser víctimas de presiones inútiles, por lo que se refiere a acelerar su evolución natural, lo mismo que no serviría de nada vociferar amenazas contra una semilla que tarda en germinar.

Volvemos a encontrar el bambú chino en el terreno del desarrollo personal, en el de la psicoterapia, e incluso en el de la espiritualidad. A diferencia de los conocimientos intelectuales, que se adquieren de manera bastante lineal, por memorización y acumulación de datos diversos, los cambios que afectan al psiquismo –es decir al corazón, a los sentimientos, a las emociones, a las improntas del pasado– y los que conciernen a nuestra dimensión sutil –el alma y el espíritu– se producen más a menudo como el crecimiento de nuestro bambú. De tal manera que, aunque hayamos entendido intelectualmente los problemas psicológicos asociados a nuestra infancia, eso no será casi nunca suficiente para suscitar en nuestro interior el cambio, la liberación. Sólo cuando la carga emocional de nuestro pasado (volvemos a introducir la noción de carga que citábamos a manera de símil) llega a expresarse, súbitamente accedemos a un nuevo nivel de conciencia. Algunos psicoterapeutas incluso tratan de favorecer este proceso proponiéndoles a sus pacientes una dieta abundante en frutas y hortalizas crudas. Esto se hace con la finalidad de cargar el organismo de electrolitos, lo que facilita la liberación emocional mencionada[10]. Igualmente, muchos métodos de meditación, disciplinas o ascesis a los que se someten los adeptos, por lo general no producen resultados inmediatos (o, peor aún, al principio dan la impresión de que agravan el estado de los disciplinantes)[11]. Es necesario que transcurra por lo menos un mes, o, como sucede en la mayoría de los casos, varios años de práctica, para que se manifieste una transformación, que muchas veces reviste un carácter repentino. Los adeptos de una disciplina espiritual que desconozcan esa transformación lenta e invisible, que preludia el acceso a un nuevo estado de conciencia, o el despertar de nuevas facultades, están expuestos al desánimo. Tal vez se digan que sus esfuerzos son inútiles e improductivos, cuando a lo mejor les falta poquísimo para verlos coronados por el éxito. Más allá del mero principio del bambú chino, hay que tener en cuenta otra cosa, y es que nada se pierde, que todo esfuerzo produce tarde o temprano un resultado. Aunque la mayoría de las veces no se sepa con antelación en qué va a consistir.

Por el lado negativo, no obstante, el principio del bambú chino también puede reservarnos algunas sorpresas desagradables, de una manera que presenta varias semejanzas y varias diferencias con la alegoría de la rana. En ésta, efectivamente, hay un cambio lento, pero que es perceptible para quien lo contempla con la conciencia lúcida o con buena memoria. En el caso del bambú chino, por el contrario, ese cambio no es perceptible, sino oculto y subterráneo. Para observarlo, sería preciso recurrir a medios específicos, como excavar la tierra, para ver lo que sucede en el plano sutil antes de que se concrete.

En el aspecto de la salud, algunos comportamientos (fumar, por ejemplo), o ciertas carencias, como la de hierro, provocan una degradación lenta, que sin embargo sería observable si nos mantuviéramos atentos a ella. En este sentido responden a la alegoría de la rana que se cuece. Otros cambios, por el contrario, entran en la categoría del bambú, al ser imperceptibles para nuestros sentidos ordinarios. La revelación se produce entonces muy tarde, o demasiado tarde en el peor de los casos, y de modo brutal. Es el caso de la osteoporosis (fragilidad creciente de los huesos) o el de la degradación del sistema circulatorio como consecuencia de una alimentación desequilibrada. Son los lentos preludios de unas fracturas repentinas, o de accidentes vasculares que revelarán, de modo tardío y brutal, ese deterioro que había pasado inadvertido.

Igualmente, en agricultura, el empleo de abonos artificiales y de pesticidas químicos produce una desmineralización del suelo, imperceptible pero no por ello menos peligrosa. Nada permite adivinarla a simple vista[12]. Cuando se rebasa determinado umbral fatídico, se entra en el proceso de desertificación irreversible que ha descrito, especialmente, Philippe Desbrosses en *Le krach alimentaire**. Regiones enteras corren peligro de convertirse bruscamente en desiertos, según ha ocurrido ya, por otras causas, en lugares que habían sido verdes y fértiles, como Iraq e Irán en la Antigüedad.

O, dicho de otra manera, los peligros más grandes a menudo no son los más visibles. Una mancha de petróleo en el mar es cosa que se nota enseguida. Pero cuando empieza a romperse el frágil equilibrio de las aguas del mar, de cuya composición depende la vida de numerosos vegetales, así como la de los peces que de ellos dependen, nosotros no vemos nada. A veces, la súbita desaparición de una especie vegetal o animal es la señal de alarma que nos indica una degradación antes ignorada, y que ha originado la desaparición de ciertos nutrientes esenciales para la supervivencia de aquélla.

La alegoría del bambú, por tanto, nos enseña a no fiarnos de las apariencias, en cuyo engaño a veces puede haber peligro. Desde los

---

* Éditions du Rocher.

gases con efecto de invernadero, algunos de los cuales tardan treinta años o más en llegar al nivel de la atmósfera en donde van a producir su efecto destructivo, hasta la exposición cotidiana a líneas de alta tensión que dentro de algunos años van a provocar cánceres, todo ello corresponde a nuestra alegoría de los «efectos diferidos», cuyas consecuencias funestas no se advierten sino transcurrido cierto tiempo.

También volvemos a hallar en la parábola del bambú chino la noción de «masa crítica», tan frecuente en las conversaciones de nuestros días. Cuando se trata de dar a conocer una idea nueva, comprobamos que por lo general transcurre un período más o menos largo, durante el cual surten poco o ningún resultado los esfuerzos dedicados a introducirla. Pero luego, cierto día –que nunca puede preverse con antelación– se traspasa un umbral, y de súbito la idea en cuestión se propaga como un reguero de pólvora, y todo el mundo se pone a hablar de lo mismo. Al poco, resulta imposible imaginar que haya existido una época en que esa idea ni siquiera fuese conocida. Tomemos, por ejemplo, la pedofilia. En sí, no es ningún fenómeno nuevo, ni está revistiendo de súbito un carácter multitudinario. Lo que ha ocurrido en realidad es que los esfuerzos incansables de algunas organizaciones para sensibilizar a la opinión pública han alcanzado de pronto la «masa crítica»; es decir, un número de personas informadas suficiente para que la cuestión salga a plena luz de súbito, como el tallo del bambú, y todos tomemos conciencia de ella.

En otro registro completamente diferente, fijémonos en Élisabeth Kübler-Ross[13]. Esta pionera en reconocer la necesidad de acompañar a los seres humanos en las fases terminales de su vida ha contado cómo se lanzó completamente sola a la batalla de sensibilizar a la clase médica sobre dicha cuestión. Así peleó y luchó infatigablemente para hacer comprender que las últimas etapas de la vida precisan de unos determinados cuidados, en lo que no encontró sino oposición y vituperio. Hasta que, totalmente desesperada y agotadas todas sus fuerzas, tomó la decisión de abandonar. Fue entonces, dice, cuando se produjo uno de los incidentes más increíbles de toda su vida. El mismo día en el que se disponía a presentarle al jefe su dimisión, se le apareció en su despacho (!) una de las personas a las que ella había acompañado hasta el desenlace final, para rogarle que no desesperase y anunciarle que estaba a punto de alcanzar el triunfo en su misión. Sin esta intervención del más allá, Élisabeth Kübler-Ross nunca habría sabido lo cerca que estaba de recoger el fruto de sus esfuerzos. No habría visto que su labor, lejos de ser inútil, había tejido una extensa red de raíces subterráneas, de la que no tardaría en brotar y salir a la luz un tallo vigoroso. Y, en efecto, algunos meses después de este inquietante acontecimiento su trabajo empezó a despertar un interés que no había conocido antes, y que no ha dejado de crecer desde entonces. A tal punto, que hoy el acompañamiento de los moribundos nos parece normal y obligatorio.

En una época que rinde culto a lo inmediato –a ultranza, «todo ahora mismo, todo sin esfuerzo», como he señalado anteriormente–, la alegoría del bambú chino viene a enseñarnos paciencia, perseverancia, trabajo a largo plazo, frente a la resignación. «Se necesitan varias semanas para criar una escarola, pero cien años para que crezca un roble», solía decir O. M. Aivanhov[14]. En la comparación con el roble, el bambú chino presenta la dificultad añadida de ocultarnos su crecimiento subterráneo en curso, con lo que nos hallamos en la imposibilidad de medir el progreso alcanzado. Es entonces cuando se revela el valor de la perseverancia, a falta de pruebas tangibles de la utilidad de lo que estamos haciendo. O, dicho de otra manera, el bambú chino enseña a trabajar con el tiempo, Cronos, el viejo Saturno: sembrar hoy para cosechar más tarde, dentro de un día, una semana, un año... o más. Si los niños viven en el presente –una espera de cinco minutos les parece una eternidad, porque ellos quieren resultados rápidos, inmediatos–, nosotros, con la edad, y con la sabiduría que supuestamente ha de sobrevenirnos, aprendemos a trabajar a largo plazo. Con lo que el tiempo se convierte en nuestro gran aliado, y deja de ser nuestro peor enemigo. Observemos, de paso, que más allá de las opiniones y de las modas, más allá de las apreciaciones fluctuantes de cada época, el tiempo sigue siendo el juez infalible de las obras humanas, y el más intransigente. El desgaste del tiempo, sólo la calidad lo supera, lo bueno, lo verdadero, lo justo. Eso es lo que se salva, y lo demás perece.

Por el contrario, cuando queremos ir demasiado deprisa, sin dar tiempo a que se desarrollen raíces profundas antes de precipitarnos hacia el cielo, corremos el riesgo de producir algo demasiado frágil y efímero, que nunca tendrá savia suficiente para echar ramas y producir frutos. Esto es tan cierto para las plantas como para los hombres y las obras que ellos desarrollan.

A la hora en que se habla mucho de inseguridad ciudadana, tal como está ocurriendo en muchos países europeos, se quieren multiplicar los medios de represión, y se deploran las diversas formas de violencia y de delincuencia, sería conveniente que nos preguntáramos, retrotrayéndonos muy al origen de dichos problemas, cuáles son las condiciones para el arraigo de nuestra progenitura en el terreno de la existencia, en el transcurso de los primeros meses de la vida. Con sólo dieciséis semanas de permiso por maternidad, al recién nacido cuya madre trabaja va a resultarle muy difícil desarrollar en tan poco tiempo raíces que profundicen en el suelo materno y le transmitan seguridad. Eso requiere un año como mínimo, pero idealmente dos o tres. En vez de eso, apenas el pequeño germen humano ha empezado a construir los vínculos con su madre, lo desarraigan y lo condenan a esa especie de cultivo hidropónico que son las guarderías, las aulas preescolares, las canguros siempre renovadas. Ahí, en particular, es donde hay que buscar las causas profundas de la inseguridad y de las conductas asociales que brotan más tarde, como nos lo atestiguan los psicoterapeutas cuyo trabajo cotidiano los lleva a tratar con muchos de esos adolescentes criados en las condiciones que acabo de describir. Ocurre, sin embargo, que el tiempo invertido en los cuidados y la educación de los pequeños no produce sus frutos inmediatamente. No será sino quince o veinte años más tarde cuando veamos las diferencias entre los que cuentan con la ventaja de unas raíces sanas, y los desarraigados. Este desfase cronológico es lo que explica el escepticismo de los que dudan de la relación entre los primeros años de la vida y lo que va a suceder más tarde. Pero hoy día contamos con datos suficientes para persuadirnos de la relevancia de ese factor del arraigo en el desarrollo del «bambú humano»[15].

Por el contrario, si conocemos el principio del bambú chino y trabajamos teniéndolo en cuenta, advertiremos que tiene gran interés. Antes de nacer, el niño pasa nueve meses en la oscuridad del vientre de su madre. Antes de germinar, toda semilla ha de pasar un tiempo más o menos largo bajo tierra, lejos de la luz. Y en el Génesis, toda jornada empieza por la noche: «Hubo tarde y mañana, día segundo», leemos, y de manera similar para cada uno de los días de la Creación. De parecida manera, la mayor parte de nuestras empresas y nuestros proyectos necesitan una fase más o menos prolongada de maduración en la oscuridad, antes de que nos sea posible presentarlos a pleno día. Si lo hiciéramos demasiado pronto, morirían antes de nacer. Es verdad que la luz nutre y vivifica a todos los nacidos, pero puede también matar y destruir las formas de vida embrionarias que necesitan todavía crecer y fortalecerse en el secreto reducto de la tierra, en una matriz, o en nuestra imaginación. Como una filmación en película de emulsión química, que se saca de la cámara para pasarla por varios baños antes de que sea posible exponerla a la luz sin peligro (o sacaríamos una copia positiva más blanca que un sudario), nuestros proyectos también hay que «revelarlos, fijarlos y lavarlos», bien empapados y nutridos con nuestros sentimientos, reforzados y concretados, antes de participar nada a terceros y exponerlos a la luz. La palabra inoportuna puede dilapidar la savia de una idea o de un proyecto, y dejarlos sin raíces.

Cuando brota el bambú chino con toda la fuerza de sus poderosas raíces, su crecimiento espectacular lo defiende de los predadores. En cambio, las plantas que asoman demasiado pronto sus valerosos pero delicados vástagos se convierten en aperitivo de algún herbívoro, o almuerzo de insectos y parásitos. Descubrimos en la alegoría del bambú, por consiguiente, el mérito de la preparación silenciosa y secreta. No el secreto vergonzante de quien siempre quiere hacerlo todo a escondidas, ni el secreto malsano de las empresas criminales, sino el de la creación, el secreto del *opus nigrum*, la «obra negra» de los alquimistas, sin la cual no se obtendría el oro. Es el secreto primordial del vacío, del que nació todo lo creado.

No es casual que los órganos reproductores de la mujer estén ocultos, mientras que los del hombre son visibles. La esencia de lo secreto es femenina. Es la matriz de los mundos, la tierra nutricia, la oscuridad profunda de donde brotará la luz, el Verbo que antecede a la palabra. Así como la mujer guarda a su hijo en el vientre durante largos meses antes de presentarlo a la faz del mundo, así también el creador debe saber gestar su proyecto en el corazón y en el espíritu, alimentarlo largo tiempo con su amor, su inspiración y sus esperanzas, antes de exponerlo a las miradas ajenas. Las ideas y los proyectos son semillas que se nutren de la savia de nuestro corazón, a fin de cobrar vida entre nuestras manos y echar raíces en la realidad.

Si nos limitásemos a dejarlas caer al suelo, sin enterrarlas, esas semillas volarían a impulsos del viento, y nadie sabría en qué tierras remotas llegarían tal vez a sobrevivir.

¡Rica alegoría la del bambú chino! Saber trabajar despacio y en secreto para que las cosas crezcan luego con rapidez, con fuerza, a la luz del día. Tras la calma de las apariencias, aprender a distinguir cualquier evolución subterránea y silenciosa, sea ésta negativa o positiva. Hacer del tiempo nuestro aliado consciente, en vez de enemigo inconsciente. Con el bambú hemos plantado un pie en lo invisible, en lo sutil. Nos hemos evadido un poco de la prisión de lo manifiesto, para explorar la fuente de lo posible. De los efectos aparentes hemos pasado a las causas ocultas.

Como el bambú, como los vegetales, el hombre es un mediador. De la observación de los hechos concretos, extrae conclusiones y leyes. Convierte lo espeso en sutil. Como el árbol, elabora su fruto azucarado a partir de la savia bruta de sus raíces. Partiendo de ideas, de inspiraciones, el humano concreta sus proyectos, da vida a sus sueños, y cuerpo a sus realizaciones... como el fruto se desprende del árbol para que nazcan de sus semillas nuevos árboles. Al adueñarnos así del lenguaje simbólico de la naturaleza, comprobamos una vez más que los mismos principios actúan en todas partes.

- 3 -

La cera y el agua caliente[16]: el poder de la primera impresión

Imaginen un recipiente que contenga una capa gruesa de cera enfriada, endurecida, con la superficie completamente lisa y plana. Tomamos una jarra llena de agua caliente y derramamos un poco sobre la cera. El agua puede correr hacia donde quiera sobra esa superficie horizontal y virgen, sin relieves. Pero, como está caliente, apenas entra en contacto con la cera ésta se funde, y queda impresa una huella poco profunda, como la del primer esquiador que pasa sobre la nieve. Ahora la cera va a presentar una leve hondonada, abierta por el agua caliente, que parece el lecho de un río. Si luego echamos de nuevo,

en el mismo recipiente, otro poco de agua, ¿qué ocurrirá? Dondequiera que caiga, el agua, algo menos libre que la primera vez, se dirigirá inexorablemente hacia la huella anterior, que moldeará su curso. Aumenta un poco la profundidad de la huella. Tantas veces como repitamos la operación, el cauce se hará un poco más profundo, y finalmente el agua no tendrá libertad para tomar otro camino sino el que está ya marcado.

¿Qué nos dice esta metáfora? Que una primera marca, una primera impresión (en todos los sentidos del término), deja una huella, y que ésta tiene gran influencia en la formación de las huellas siguientes. ¿No es así como se forman los arroyos, los torrentes, los ríos y hasta los barrancos? Los relieves de la Tierra no han sido siempre los mismos que conocemos hoy. El agua de las primeras lluvias que cayeron sobre ciertas regiones, hace millones de años, corrió buscando siempre el nivel más bajo entre los relieves que ya existían –montañas, valles, rocas diversas–, y su flujo o su acumulación en distintos lugares dibujaron los primeros esbozos de los futuros cursos y extensiones de agua, encargándose el tiempo de definir sus contornos y su profundidad.

¿Podemos nosotros cambiar tales huellas una vez que ellas existen? Sí, y lo hemos hecho –aunque no siempre con acierto– modificando los cursos de los arroyos y de los ríos, algunos de ellos muy caudalosos. Pero cuanto más profundo el lecho y mayor el caudal que acarrea, más importantes los medios que hay que poner en juego para cambiar el curso. Ésta es una primera constatación. La segunda, que una cosa es desviar de su lecho el curso de un río, y otra borrar las huellas del curso anterior. Por mucho que el agua emprenda en adelante un nuevo trayecto, el que le hemos impuesto por la fuerza, el trazado del lecho antiguo subsiste durante mucho tiempo, aunque se halle seco, y siempre puede ocurrir algún imprevisto que derive otra vez las aguas tumultuosas hacia la cuenca por donde pasaban originariamente.

Podemos observar cómo esta metáfora de la cera y del agua caliente reviste múltiples formas. Véase por ejemplo cómo la primera impresión que nos causa alguien queda como un cliché que influye en todos los encuentros ulteriores, y que es muy difícil de borrar aunque comprobemos que ese primer juicio había sido erróneo. Los anglosajones dicen que sólo se tiene una oportunidad para causar una buena primera impresión. Es una perogrullada, sin duda, pero que subraya con acierto el impacto de toda primera vez, en tantas ocasiones subestimado. Porque una mala impresión, digan lo que digan, nunca se borra por completo. Aunque luego llegue a desarrollarse una relación excelente pese al mal comienzo, años más tarde cualquier incidente o cualquier torpeza pueden reavivar súbitamente la impresión negativa, e incluso conducirnos a poner en tela de juicio todas las experiencias felices vividas desde entonces. Cuando digo esto no me propongo cultivar el fatalismo, evidentemente, sino la toma de conciencia, que es la constante de este libro. En efecto, el conocimiento de ese principio tal vez nos incitará a estar más atentos, a poner más conciencia en cada comienzo, en cada estreno, en cada desfloración de una situación nueva.

Los músicos avezados, por ejemplo, saben que la primera lectura de una partitura es crucial y debe ser acometida despacio, procurando no incurrir en ningún fallo durante esa interpretación inicial. Si sale bien a la primera, las siguientes tenderán naturalmente a lo mismo. Por el contrario, una nota mal ejecutada, una digitación mal elegida, tenderán en adelante a insinuarse automáticamente bajo los dedos tan pronto como la conciencia se distraiga un poco. Así, las manos del músico son la cera en donde imprime su huella el caudal de la melodía, de manera que, en el futuro, la memoria quinestésica (la memoria del cuerpo) hará que sus dedos caminen por las mismas notas que la primera vez. Si la decodificación fue errónea, se necesitarán docenas o quizá centenares de sesiones de ensayo para modificar la impronta original. Y además el fallo tiende a monopolizar la conciencia del músico, que debería centrarse en interpretar la obra, sin necesidad de atender a la mecánica de la digitación.

En un orden más general, se intuye la importancia de esta imagen de la cera y del agua caliente en todo lo que toca a la educación y al aprendizaje, bien se trate de deporte, de bricolaje, de artes marciales, de danza, de conducir un coche, o de las maneras en que el niño aprende a leer, a escribir, a atarse los cordones de los zapatos y a ejecutar los mil y un gestos de la vida cotidiana[17], o también de cómo utilizar los programas de ordenador. La energía que gastamos en corregir lo mal aprendido al principio, puede llegar a ser un múltiplo de la invertida en el aumento de atención y conciencia necesario para una realización justa la primera vez[18]. Querer correr demasiado al principio, es exponerse a volver una y otra vez sobre lo aprendido, demorando la consecución del resultado deseado. «Conduce despacio que tengo prisa», solía decirle Churchill, sabiamente, a su chófer.

Con la metáfora de la cera y el agua caliente hemos descubierto la importancia de los comienzos. Cuando uno dice, por ejemplo, que «se ha levantado con el pie izquierdo», quiere dar a entender que ha empezado mal el día, y que eso le ha estropeado toda la jornada. Y, por cierto, son muchas las religiones que proporcionan normas detalladas acerca de cómo empezar el día: con una oración, con un pensamiento positivo, con una bendición, con una acción constructiva, cualquiera que ésta sea. Tener la conciencia alerta en todo momento no es posible: bien pronto nos absorben las tareas profesionales o domésticas durante un rato más o menos importante. Por eso, cuando deseamos iniciar consciente y positivamente una actividad, trazamos este primer surco que marca la dirección, en la que continuaremos mientras nos movemos en modo de «piloto automático».

En una vida, e incluso en una jornada, hay muchos comienzos, desde el «buenos días» que intercambiamos por la mañana con nuestros allegados o nuestros compañeros de trabajo. Hay casamientos, inauguraciones de nuevas empresas, mudanzas, primeras reuniones de una asociación recién creada, primeros documentos (logos, textos) en que se materializa la imagen de nuestro negocio, primeros anuncios que publicamos, etc. Materializar estos comienzos y dedicarles una atención preferente interesa, y es una política prudente que puede ahorrarnos muchas complicaciones ulteriores. Por supuesto, no será la panacea ni garantizará que nunca tengamos un problema. Pero de ese modo ponemos las probabilidades a nuestro favor desde el primer momento.

En la medida en que remite a los comienzos, a los principios, a las primeras huellas, la parábola de la cera y del agua caliente trata implícitamente del otro extremo: los finales. Cuando algo empieza, otra cosa ha terminado antes, como es lógico. Los finales y los comienzos se encadenan. ¿Qué es lo primero que pensamos cuando despertamos por la mañana? Nueve veces de cada diez, el pensamiento con el que nos hemos acostado. Por algo se aconseja a los estudiantes que repasen sus lecciones justo antes de tumbarse a dormir. El inconsciente se encarga de grabar profundamente en la memoria los últimos pensamientos que nos ocupan. Y esa impronta, lógicamente, orienta el rumbo de los primeros pensamientos que asoman dentro de nosotros a la mañana siguiente.

Jesucristo instaba a reconciliarse con el prójimo antes de la puesta del sol. Muchas religiones recomiendan perdonar todas las ofensas en el lecho de la muerte, a fin de morir en paz. La mayoría de las películas acaban en un final feliz. Las cartas se concluyen con una fórmula de cortesía, por desagradable que deba ser el contenido. En las sesiones de meditación, generalmente se aconseja terminar antes de que se presente el menor asomo de fatiga o dolor. Abundan los ejemplos ilustrativos de la importancia de acabar bien las cosas, incluso aunque hayan comenzado mal, como puede ocurrir. Pues también los finales dejan una huella, una impronta. Recuerdo por ejemplo dos películas, *El precio del peligro*, con Gérard Lanvin, dirigida por Yves Broisset (1983), y *Brasil*, de Terry Gilliam (1985), cuyos respectivos finales, inusualmente siniestros, quedaron grabados en mi ánimo durante mucho tiempo. Cuando un filme negro tiene un final feliz, recordamos sobre todo este último detalle, que no tarda en borrar las impresiones sombrías de los episodios precedentes. Y viceversa, después de ver una película agradable pero que tiene un final trágico nos quedaremos con el nudo en la garganta... quizá por bastante rato. O imaginemos también un concierto magnífico que ha concluido con un error garrafal, una nota desafinada de toda la orquesta: ¿cuál es la impresión que queda...?

Los buenos finales, pues, predisponen los buenos principios. Un buen comienzo favorece un buen trayecto... y hace más probable un buen final. Y así sucesivamente. Los dos instantes en que tenemos más probabilidades de ejercer una influencia sobre los acontecimientos son, por tanto, el principio y el final. Son los momentos en que nuestras elecciones conscientes van a poder modificar la marcha de un asunto. Los editores y los escritores lo saben bien, dicho sea de paso. Los primeros lo demuestran por la gran atención que prestan a la cubierta y al título de una obra, así como a la contraportada. En cuanto a los segundos, cuidan especialmente el principio y el desenlace o conclusión.

Sobre esto se cuenta que un sacerdote novel fue a solicitar consejo a un veterano acerca de las cualidades de un buen sermón.

–Un buen sermón debe tener un buen comienzo y un buen final –dijo el cura viejo–. Y luego... acercar el principio y el final cuanto sea posible.

Continuando en plan anecdótico, observaremos que esto de los principios y de los finales también es aplicable... a la indumentaria. El peinado y los zapatos son, efectivamente, los elementos más importantes para nuestra evaluación, incluso inconsciente, de la elegancia de una persona. Un hombre en traje de calidad corriente, pero con un peinado y un calzado irreprochables, nos parece mejor vestido que alguien que lleva unas prendas carísimas, pero va despeinado y usa calzado de mala calidad. Como pasatiempo, pueden ustedes comprobarlo en las personas que les rodean.

La alegoría de la cera y del agua caliente nos permite deducir además que muchos de nuestros actos no son consecuencia de una elección consciente e informada, fundada en un profundo conocimiento del tema, sino sencillamente el resultado de nuestros hábitos, de la inercia, que nos inducen a seguir automáticamente el camino más trillado y más fácil. Incluso cuando éste sea completamente obsoleto, ineficaz y contraproducente.

Un ejemplo. Estoy escribiendo estas líneas sobre el teclado francés «AZERTY» de mi ordenador. Al igual que el teclado «QWERTY» de los suizos y de la mayoría de los anglosajones, alemanes, italianos, etc., éste se concibió en la época de las máquinas de escribir mecánicas. En aquel tiempo, la disposición de las letras en el teclado debía servir para evitar dos inconvenientes: para empezar, la pulsación simultánea de varias teclas, lo que atascaba el teclado. En efecto, al teclear demasiado rápido podía ocurrir que una de las palancas subiese a impactar sobre el papel mientras que la otra aún no había bajado a su posición de reposo, y entonces quedaban trabadas la una con la otra. El otro problema que se buscaba evitar era que una pulsación demasiado fuerte agujerease el papel. No tenemos la misma fuerza en el meñique que en el índice, por ejemplo, como demuestran además las diferentes intensidades de impresión (letra más clara, letra más oscura) entre los caracteres de las cartas mecanografiadas con esas antiguas máquinas.

Para resolver el doble inconveniente, se distribuyeron las letras en el teclado de manera que la pulsación resultase un poco retardada, limitando al mismo tiempo la utilización de los dedos más ágiles y más fuertes. De manera que la «a», letra empleada con gran frecuencia, no sólo corresponde al meñique, el dedo menos hábil, sino que además está en una línea situada algo más arriba de la posición de reposo de las manos. La «q», mucho menos usada, está sin embargo en una posición similar y se pulsa con el mismo dedo que la «a». El índice y el medio, más hábiles, tienen asignadas letras como «k», «y», «g», «v» o incluso «b», bastante menos frecuentes.

Así resulta que hoy día, en la época de la electrónica y de los teclados ultrasensibles, continuamos escribiendo sobre disposiciones pensadas para hacer más lenta la pulsación y dar trabajo a los dedos menos ágiles. Y ello pese a que todos los ordenadores permiten cambiar a un teclado de disposición diferente con un simple clic del ratón. Un francés llamado Marsan estudió la frecuencia relativa de cada una de las letras del alfabeto en ese idioma, después de lo cual ideó un teclado que las distribuye de manera que se consigue un aumento del 30 por ciento en la rapidez de pulsación de los teclistas profesionales, lo que no es poco[19]. Pero la inercia y la costumbre, es decir la huella excavada en la cera de nuestros teclados desde hace más de un siglo, unidas a nuestra dificultad para replantearnos lo que parece consagrado por el uso, determinan que sigan fabricándose a millones unos ordenadores ultramodernos... dotados de unos teclados prehistóricos.

En el mismo orden de ideas, a veces oímos cómo se repite aquello de que es de mala educación cortar la lechuga de la ensalada con el cuchillo. La razón de ser de este consejo de «buenos modales» es que antiguamente los cuchillos no eran de acero inoxidable, y el vinagre de la ensalada los ennegrecía y estropeaba. Como habitualmente nunca nos interrogamos acerca de las razones de los comportamientos heredados del pasado, la ley del cauce excavado en la cera sigue prevaleciendo y perpetúa una serie de comportamientos y de costumbres que ya no tienen ninguna justificación.

–¿Por qué no quiere usted comer carne? –le preguntaron cierto día a uno de mis amigos.

–Y usted, ¿por qué come carne? –replicó él, con ganas de provocar.

¡Perplejidad! El primero en preguntar no había reflexionado nunca acerca de su alimentación, sino que reproducía por costumbre lo aprendido en casa de sus padres y entre su familia. Pero, ¿era realmente la alimentación más conveniente para él, o la más sabrosa...? ¿Conocía las ventajas y los inconvenientes, las cualidades y los defectos de las distintas elecciones alimenticias de que hoy disponemos? No. Él se limitaba a seguir el curso impreso en la cera familiar.

¡Cuántas veces hacemos las cosas de esta manera, sin haberlas pensado nunca en realidad! En nuestras conductas profesionales, en nuestras reacciones emocionales, en nuestras opiniones y nuestras creencias, ¿cuánta parte corresponde a la educación, reproducida mecánicamente, sin que nos las hayamos planteado nunca conscientemente?

La cera representa lo inconsciente, así como el cuerpo es lo material. El agua caliente, por su parte, simboliza la conciencia, la energía, lo espiritual. Al principio siempre es el espíritu el que imprime forma a la materia. La conciencia fija una orientación a los pensamientos, a los gestos. Es como el programador que crea un programa informático. A continuación, la rutina toma el relevo. El cauce ya está marcado, no hay más que seguirlo. Esto es ventajoso para los gestos correctos, los hábitos convenientes, los comportamientos que deseamos reproducir. Pero, ¿qué pasa con los que nosotros no hemos elegido, los que estaban ahí antes que nosotros –en la familia, en la sociedad–, los que se han infiltrado gradualmente en nuestra vida cotidiana sin que nos diéramos cuenta, cuando teníamos bajada la guardia, y que ahora nos gobiernan con independencia de nuestra voluntad? Hasta que llega el día en que, sin previo aviso, el cuerpo le dicta al espíritu lo que puede hacer o no, el programa limita al usuario vedándole otras posibilidades, los comportamientos automáticos sustituyen a las elecciones conscientes.

Fijémonos en el mundo de la empresa. Pedro ha creado una sociedad, por ejemplo. Él es el agua caliente. Él decide lo que quiere hacer, y qué estatuto, qué forma jurídica quiere dar a su empresa. Al principio, él moldea la cera según sus deseos, para que la sociedad sea conforme a sus sueños, a sus proyectos. Ahora bien, ¿qué es lo que ocurre a menudo, al cabo de algunos años? La cera se ha endurecido. La sociedad ya es una empresa estable, ha crecido, se ha reforzado, está bien implantada (no puede ser más elocuente esa expresión). Ahora es ella la que le dicta a Pedro lo que puede hacer o no. La creación ha quedado reemplazada por la producción, la administración, la gestión, que imponen su presencia. La empresa tiene una vida propia, un metabolismo, unas necesidades. Llegados a este punto, a Pedro le resultaría muy difícil cambiar nada, aunque se lo propusiera, o intentar que evolucionase en otro sentido. La rutina presenta una resistencia obstinada. La cera ya no es tan maleable como al principio.

Efectivamente, se necesita un gran talento para mantener una empresa en estado de vitalidad y movilidad, evitando los dos extremos que son, por un lado, el cambio permanente que desconcierta a clientes y empleados, y por otro, la cristalización y el estancamiento que, a partir de un momento dado, determinan que cualquier cambio sea doloroso y difícil si no imposible. Cuando la arcilla se reseca, su forma se petrifica. Si se amasa y humedece demasiado, no conserva ninguna forma y por consiguiente no sirve para nada. La vida es un equilibrio entre cuerpo y espíritu, materia y energía, automatismos inconscientes y elecciones conscientes, y esos equilibrios han de reajustarse constantemente. Siempre son necesarias ambas cosas, la cera y el agua caliente.

La metáfora de este capítulo nos invita, por tanto, a distinguir en nuestra vida lo que sea «la cera» y lo que sea «el agua caliente», lo que resulta de las elecciones conscientes que continúan mereciendo nuestra aprobación, lo que hemos heredado inconscientemente del pasado (familiar, social, religioso), y por último, lo que nosotros mismos habíamos instituido voluntariamente, pero que hoy día ya no tiene razón de ser. A tal efecto, hay que echar de vez en cuando una ojeada objetiva a lo que, sin embargo, tenemos ante los ojos todos los días. Nada debe aceptarse como definitivo. Es preciso conservar el sentido de la maravilla, la duda metódica, la curiosidad. Poner en tela de juicio las evidencias. «Desgraciado el hombre que no se lo ha replanteado todo, al menos una vez en su vida», es una de mis citas favoritas de Pascal. Replanteárselo *todo*: no sólo una o dos cosas, como las opiniones de nuestros mayores (en la adolescencia), las de nuestro patrono, o las del partido opuesto. ¡Todo! Nuestras ideas, nuestras creencias, nuestros conocimientos, nuestros hábitos. No permitir que ningún bloque de cera, ningún molde sigan influyendo sobre nosotros sin que nos hayamos interrogado en cuanto a su origen, su validez, su utilidad, su pertinencia.

Pero, ¡atención!, que no se trata de cambiar por cambiar, por mero afán de iconoclasia. Muchos de nuestros hábitos tienen su razón de ser. Muchos de nuestros comportamientos son pertinentes e idóneos. En este caso, al cuestionárnoslos tomamos conciencia de ellos, los convertimos en elecciones deliberadas y conscientes, lo que es mucho mejor que continuar con unos reflejos y unas costumbres desvitalizadas. Se trata de adueñarnos de nosotros mismos, para poder decirnos algún día que no somos el mero resultado de unos condicionamientos soportados más o menos conscientemente, sino el fruto de unas elecciones deliberadas y adoptadas en plena posesión de nuestros medios. Es un proceso que lleva su tiempo –semanas, meses, en ocasiones incluso años–, pero que es enriquecedor y liberador. «No se puede ser libre e ignorante», decía Thomas Jefferson con acierto. La libertad no es un dato previo. No se recibe, se conquista. Nunca seremos libres si desconocemos las fuerzas y los condicionamientos que actúan sobre nosotros, y que siguen influyendo en las decisiones que creemos «libres». Simbólicamente hablando, la libertad no consiste sólo en pasear a capricho por los caminos trillados, sino en la posibilidad de dejar una huella propia.

Se observará además que la mayor parte de los grandes inventos se debe a sujetos que supieron asombrarse delante de lo que parecía normal a todos los demás, o que éstos ni siquiera veían (o había dejado de llamarles la atención). Al regresar de un paseo por el campo, ¿no se ha visto usted obligado a quitarse las bolitas verdes o pardas, llenas de pinchos, que se agarran a los calcetines? No es cosa de mucha curiosidad. Pero alguien se entretuvo en pensarlo, en interrogarse sobre la causa de que esas semillas tengan una adherencia tan fuerte. Ese alguien inventó el Velcro, e hizo fortuna.

El peligro de la cera es la trampa de la rutina, del «piloto automático». Para evitarla, es bueno modificar conscientemente, de vez en cuando, algunos de nuestros hábitos. Cambiar el recorrido. Comprar una revista que no habíamos leído nunca. Ensayar una cocina exótica, o una dieta diferente. Sumergirse en las creencias de otros pueblos, de otras religiones. Permutar cometidos domésticos durante una semana con nuestra pareja. Comer con la izquierda (o con la derecha si somos zurdos). Ayunar un día entero. Guardar castidad durante un mes. Permanecer en silencio todo un día. Jugar un partido de baloncesto en silla de ruedas, como los hemipléjicos. Salirnos de los caminos trillados. Echar agua caliente sobre nuevos territorios y crear nuevos surcos.

Pero también puede ocurrir que pertenezcamos a ese otro grupo menos numeroso de los que son víctimas de la trampa contraria, la del agua caliente. Es lo que les ocurre a ciertos creadores, artistas o inventores. La trampa de los que prefieren crear infatigablemente pero no profundizan, no llegan a imprimir una huella duradera en las cosas, siempre dedicados a explorar otros espacios, otras posibilidades, otras ceras vírgenes. A ésos les aconsejo que se impongan una forma fija, lo que les servirá tal vez para descubrir nuevas dimensiones de la libertad y de la creación. La práctica regular de una disciplina: artes marciales, masaje sedente (Amma), ejercicios de yoga o de meditación, música para varios instrumentos, teatro o coreografía. Todo ello, por las limitaciones a que sujeta, puede liberar nuestra conciencia, como ocurre con el músico que repite incansable los mismos pasajes, pero dándole a la forma inmutable de la partitura una expresión diferente cada vez. En estos casos, nos aburriremos únicamente cuando no acertemos a insuflar un pensamiento consciente y dinámico en los actos repetidos muchas veces idénticamente, en cuyo caso el espíritu languidece adormecido por la monotonía.

Así, mientras nos ocupamos tan pronto del fondo como de la forma, de lo espiritual tanto como de lo material, mientras alternamos entre creación y reproducción, entre conciencia y automatismos, todo se convierte para nosotros en motivo para aprender e integrar, para crecer y perfeccionarnos. Y si hemos dejado una bonita impronta en la sociedad, a lo mejor acabaremos teniendo una estatua... ¡en el museo de figuras de cera!

- 4 -

La mariposa y el capullo: la ayuda que debilita y la dificultad que vigoriza

Cuando la oruga se convierte en crisálida, prácticamente acabada su metamorfosis en lepidóptero, le falta todavía una prueba que superar para llegar a ser realmente una mariposa. Debe romper el capullo dentro del cual se ha operado esa transformación, a fin y efecto de librarse de él y emprender el vuelo.

La oruga teje su capullo poco a poco, de manera progresiva. Pero la futura mariposa no puede librarse de ese modo gradual. Es necesario que haya acumulado fuerza suficiente en las alas para romper su cárcel de seda con la mayor rapidez posible.

Esa última prueba, precisamente, con la potencia exigida a la mariposa y que ésta habrá acumulado previamente, garantiza que se haya desarrollado la musculatura que enseguida va a necesitar para volar.

Si alguien, ignorando ese detalle importante y creyendo «ayudar» a la mariposa que está a punto de nacer, se adelantase a romper el capullo, habría dado a luz un lepidóptero totalmente incapaz de volar. Porque éste no habría tenido ocasión de utilizar la resistencia de su sedosa prisión para desarrollar la fuerza imprescindible a fin de librarse de ese impedimento y echar a volar seguidamente. Una ayuda mal concebida puede así resultar perjudicial y, en ocasiones, incluso mortal.

He aquí una metáfora rica, aplicable a numerosas situaciones diferentes. ¿Qué descubrimos en ella? Por ejemplo, que en la vida determinadas pruebas son indispensables para el crecimiento. Dichas pruebas sirven para desarrollar dentro de uno mismo la fuerza indispensable para acceder a la fase siguiente. Inversamente, cuando pretendemos sustituir a otra persona en una prueba que le estaba destinada a ella, suprimiendo el obstáculo externo, en realidad no hacemos más que perpetuar el problema, en vez de resolverlo auténticamente. La supuesta solución no es tal, sino ineficaz y por lo general contraproducente, al obtenerse un resultado contrario al que se esperaba. En vez de ayudar y liberar al otro, nuestra inadecuada intervención tal vez impedirá su desarrollo, con posibles resultados de atrofia y muerte.

Vista así, la idea que expresa esta alegoría puede parecer obvia. Miremos a nuestro alrededor, sin embargo, y podremos observar cuántas veces se empeña la gente en «romper el capullo» para otros, a todos los niveles, con la consiguiente perduración de los problemas que así se pretendía resolver. Veamos algunos ejemplos.

En su notable obra *Pourquoi sont-ils si pauvres?* (*¿Por qué son pobres?*)[20], que contiene más de ochenta cuadros sinópticos, el ex consejero nacional suizo Rudolf Strahm pone de manifiesto cómo, después de diez años de ayuda a los países del tercer mundo, a golpe de miles de millones de dólares, se ha llegado al resultado global de que dichos países sean más pobres y hayan caído en un grado de dependencia y endeudamiento mayor que el de antes. Esta situación, por supuesto, admite toda una serie de explicaciones: la corrupción de algunas autoridades de esos países, el coste exorbitante de la deuda, la deficiente gestión de las ayudas, las motivaciones a veces ambiguas de los mismos que las conceden y financian. Pero, aparte de todos estos factores, sería preciso replantearse tanto la naturaleza de la ayuda concedida (generalmente material, financiera) como la manera de administrarla (creando relaciones de dependencia). Este replanteamiento ha sido emprendido en la actualidad por algunas organizaciones no gubernamentales.

A la luz de la alegoría de la mariposa, se adivina que ciertos cambios, ciertas ayudas, no pueden provenir sino de lo interior. De manera que cuando le aportamos algo exteriormente a quien no lo tiene (o que simplemente aún no lo había madurado bien), en vez de ayudarle a obtenerlo por sus propios medios, hacemos de él un individuo dependiente y acrecentamos su debilidad. Por supuesto hay situaciones de urgencia que reclaman una ayuda exterior inmediata, material, alimenticia o financiera. Eso es indiscutible. Pero salvo estos casos, la ayuda desinteresada de verdad –es decir, la que no responde a una intención de quitarse excedentes, o de ejercer un control sobre la economía a la que supuestamente se socorre– debería apuntar a que el necesitado vaya desarrollando la capacidad de ayudarse a sí mismo.

Un ejemplo *a contrario* servirá para ilustrar con claridad ese punto. Mientras las autoridades estadounidenses condujeron una guerra frontal contra las tribus amerindias, muchas de ellas, aunque diezmadas y desprovistas de recursos, se mantenían vigorosas. No esperaban nada de nadie, ni contaban con otra cosa que sus propias fuerzas. En cambio, a partir del momento en que esas mismas autoridades adoptaron la política de «ayudar», firmando tratados, concediendo tierras, facilitando un mínimo de medios, esos pueblos empezaron a debilitarse, a languidecer (aunque siempre hay excepciones). Estoy simplificando adrede para que se vea mejor el principio básico de esta alegoría. Cuando se aporta exteriormente alguna cosa, privamos al beneficiado del esfuerzo de buscarla por sí mismo, esfuerzo que le infundiría vigor y le obligaría a superarse continuamente. Con esto no quiero decir que debamos renunciar a ayudar o socorrer a los demás –interpretación que sería demasiado simplista–, sino que nuestra ayuda debe apoyar el esfuerzo permanente del otro, permitiéndole acceder a sus recursos internos, en vez de ahorrarle por completo dicho esfuerzo reemplazándolo por la facilidad y la dependencia exterior.

En la medicina encontramos otra ilustración del mismo principio. Varias enfermedades infantiles, desde el simple resfriado hasta el sarampión o la tos ferina, para el organismo del niño son pruebas que le permiten desarrollar y reforzar su sistema inmunitario, como bien saben muchos médicos formados en la escuela hipocrática, los higienistas, los homeópatas y los naturópatas. Cuando luchamos contra estas enfermedades, como lo prescribe imprudentemente cierta medicina, privamos al niño de oportunidades para aumentar su inmunidad, y lo criamos débil y dependiente de las ayudas exteriores (fármacos, antibióticos, etc.). Dicho sea de paso, algunos médicos avezados consideran que una causa principal de la multiplicación de todo género de alergias que estamos presenciando desde hace veinte años por lo menos, es precisamente esa sobremedicación de los niños, que les impide consolidar las inmunidades y los hace vulnerables a toda clase de agentes.

Por el contrario, si realmente deseamos «ayudar» a un niño que atraviesa una de esas patologías infantiles, lo aconsejable sería: acompañar la enfermedad, vigilar para que no revista proporciones excesivas, y dejar tiempo al sistema inmunitario del niño para que triunfe sobre ella y salga reforzado. Dejar tiempo, ¡en eso consiste la clave! Cuando preferimos cortar la enfermedad enseguida para que el niño no falte a la escuela ni nosotros al trabajo, utilizamos medios que desde luego son eficaces en lo inmediato, pero que predisponen el terreno para complicaciones ulteriores, porque se perpetúa la debilidad y la fragilidad del organismo infantil.

El mismo principio se aplica a la fiebre, demasiadas veces contemplada como enemiga, cuando en realidad es el medio que utiliza el organismo para librarse de los agentes patógenos agresores. Como ha dicho André Lwoff, del instituto Pasteur y copartícipe de un premio Nobel: «La fiebre es el mejor remedio. Por encima de una temperatura de 39,5° C quedan inhibidos o destruidos casi todos los virus.» Y André Passebecq, uno de los padres de la naturoterapia en Francia, agrega que en un niño cuyo hipotálamo no haya sido alterado por las intoxicaciones (fármacos, vacunas), cuanto más altas las defensas inmunitarias más puede aumentar la temperatura sin correr ningún riesgo, lo que asegura una lucha intensa y rápida contra los microorganismos invasores. Passebecq subraya que «la fiebre no tratada conduce rápidamente al restablecimiento de la salud, sin riesgo de recaídas ni complicaciones».

Queriendo «librar» al niño de la fiebre, como mariposa extraída de su capullo, en realidad lo hacemos todavía más dependiente de una medicación ante la patología más banal. *A con-*

trario, los famosos «baños de asiento» –consistentes en abrigar bien al niño pero dejando al descubierto las nalgas, que se sumergen durante dos o tres minutos en agua fría–, que pueden parecer una agresión infligida al organismo, en realidad contribuyen a potenciar su sistema inmunitario y conferirle más resistencia. Así pues, la paradoja determina que ciertas «ayudas» sean perjudiciales de hecho, mientras que las aparentes «agresiones» resultan salutíferas. No obstante, también conviene rehuir la simplificación excesiva. Siempre es necesario conocer al detalle los mecanismos que intervienen en cada uno de esos casos.

Otros dos sectores en los que «rompemos capullos» creyendo hacer un bien son: el de la educación (en la familia) y el de la enseñanza (en la escuela). Como sucede a menudo, la inclinación de la balanza ha pasado de un platillo al otro en el término de menos de cincuenta años. En otros tiempos, el niño no tenía nada que hablar ni en casa, ni en la escuela. Nadie se preocupaba por escuchar sus afanes. Los padres y los maestros no se planteaban tantas dudas. Al niño le tocaba obedecer, adaptarse, desarrollarse... o sufrir las consecuencias.

Como todo exceso invita a su contrario, la generación siguiente halló en los trabajos de la psicología y del psicoanálisis una incitación a conceder categoría de persona al niño desde la primera infancia, a prestarle más atención –en tanto que sujeto, que no objeto de la educación o la pedagogía–, rebajando un grado todas las formas de constricción, de autoridad, de exigencia. Jamás escuchado en otros tiempos, al infante ahora se le escucha demasiado. De ahí ha resultado esta generación de niños «reyezuelos» que tiranizan a sus padres y a sus profesores. Privado del capullo familiar y social, el menor busca en la sociedad y en el Estado unos padres sucedáneos y un marco de referencia sustitutivo. Es entonces cuando vuelve torpemente contra éstos su rebeldía de adolescente-crisálida que no acaba de echar a volar, por no poder desenvolverse en condiciones normales y a una escala adecuada.

Nunca habían disfrutado los niños de tantos medios, atenciones y posibilidades de todas clases. Nunca se les había «ayudado» tanto. Sin embargo, el resultado de todas estas aportaciones externas no ha sido el que se esperaba. Sin pintarlos como demonios con cuernos –en todos los tiempos, como nos enseña la Historia, los mayores han visto en los jóvenes todos los defectos posibles– es indiscutible que los índices de analfabetismo vuelven a subir, que la calidad de la ortografía y de la redacción ha empeorado bastante, que el índice del 80 por ciento de aprobados del bachillerato no es sino el resultado de una engañosa bajada del listón, que la delincuencia aumenta entre los jóvenes, que la fuerza moral disminuye (los conceptos «virtud», «dignidad», «honor» van desapareciendo del uso habitual). En una palabra, que la presión interior que induce a crecer, a formarse, adormecida por el exceso de facilidad exterior, decae constantemente. Dicho sea de paso, ¿no vemos el reflejo de la situación en esa moda juvenil de usar prendas de talla demasiado grande...? Esas prendas que sus cuerpos no acaban de llenar vienen a simbolizar las funciones y los roles que les esperan, sin que ellos tengan intensidad interior suficiente para asumirlos, como un globo que parece una bolsa floja mientras no exista en su interior una presión suficiente para llenarlo.

Quede bien claro que cuando digo esto no estoy patrocinando un retorno al pasado, ni el rechazo de lo que pueden aportarnos y aportar a los niños la ciencia, la tecnología y demás recursos exteriores. Me limito a señalar que el fondo debe tener prioridad sobre la forma y precederla. El cuerpo ha de crecer antes que las ropas, las posibilidades interiores antes que los medios exteriores. *Inside out*, de dentro afuera que dicen los estadounidenses. Las cosas deben empezar desde dentro para salir luego y encontrar su correspondencia exterior.

Así lo había comprendido aquel oriundo del sur de la India, que tenía alrededor de sesenta años cuando lo conocí, hace diez. Venía a negociar la comercialización de unos aceites esenciales que fabricaba su empresa. Ese hombre, cuando tenía siete años había vivido la dramática experiencia de la escisión india. Con sus padres recorrió a pie cientos de kilómetros, llevando a cuestas lo más indispensable, porque ellos eran hindúes y era necesario salir cuanto antes de lo que iba a convertirse en Pakistán. A esos escasos siete años empezó a trabajar. Con voluntad y obstinación, llegó a crear un día su propia empresa, que prosperó. En nuestra conversación, sin embargo, me confesó que pensaba dejar toda su fortuna a la caridad, y que sus hijos no heredarían nada cuando él desapareciese. Esto me sorprendió.

–Si tienen las mismas facultades que yo, no necesitarán de mi dinero –explicó–, puesto que sabrán hacer fortuna por sus propios medios. Si no las tienen, mi fortuna no les sería más que perjudicial, puesto que carecerían de capacidad para hacer buen uso de ella.

O dicho de otra manera, dejaba a sus hijos el cuidado de hacerse sus trajes a la medida de cada uno, en vez de dejarles los suyos que a lo mejor les quedarían demasiado holgados. No digo que acepte ese testimonio como un modelo de conducta digno de ser imitado al pie de la letra, pero me parece que tiene la virtud de responder a una coherencia bastante acorde con nuestra alegoría de la mariposa. Atribuye la prioridad a las fuerzas interiores –energía, valentía, inteligencia, liderazgo, amor, capacidad de improvisación, espíritu emprendedor, entre otras muchas–, y considera los medios y el patrimonio material como concreción o reflejo exterior de esas cualidades.

Que se tratase de un hindú, sin duda tiene algo que ver con su manera de considerar la cuestión, porque la India, aunque esté recibiendo algunas influencias nefastas de Occidente, sigue siendo un país profundamente espiritual. Entre nosotros, el materialismo propio de la cultura occidental estimula en todos la propensión a buscar preferiblemente, en cualquier dominio, las soluciones materiales, exteriores, en vez de sondear en nuestro fuero interno, al nivel sutil, para hallar recursos que no esperan sino a ser solicitados para hacerse presentes.

Por otra parte, el relato de este hindú no deja de recordar esos cuentos infantiles en que un rey entrega la custodia de su hijo a unos campesinos súbditos suyos, para que se críe el príncipe ignorando sus orígenes reales, y para que se familiarice con la tierra, los animales y los humanos, y aprenda a cubrir sus propias necesidades. De este modo se desarrollarán en él las cualidades y los conocimientos que le harán luego un rey digno de su categoría y capacidad para ejercer sus funciones.

No se fabrica una mariposa pegándole alas a una oruga con un adhesivo, ni un rey colocando una corona en la cabeza de un niño, ni un hombre poniéndole a un muchacho prendas de adulto. No se le puede conferir a otro lo que nunca es sino resultado de una evolución interior, de una transformación estrictamente personal. Sin embargo, a nosotros nos parece posible favorecer esa maduración interior, como cuando se riega una semilla para que germine.

La alegoría de la mariposa nos lleva a interrogarnos sobre el problema del sufrimiento. ¿Acaso no es disminuir el sufrimiento de ese lepidóptero y que se libere más pronto, la razón por la cual desearíamos ayudarle a romper el capullo? En un sentido general, la ayuda que deseamos aportar a otros, ¿no pretende, con frecuencia, evitarles padecimientos, facilitarles las cosas? Ahora bien, ¿son necesariamente negativos todos los sufrimientos? ¿Dónde está el límite entre el dolor del esfuerzo, aceptado e incluso buscado en el deporte, y el umbral a partir del cual el sufrimiento deja de ser aceptable? Como es obvio, esta cuestión no tiene una respuesta sistemática.

Lo cierto, en cambio, es que la opción «sufrimiento cero» no es posible ni deseable. Sucede aquí lo mismo que con otras muchas cosas. Hay sufrimientos buenos o malos, necesarios o inútiles, indispensables o inadmisibles. Lo que distingue a los unos de los otros es el sentido que tengan o no a ojos del paciente, o bien el que se consiga o no infundirle. «Dadme un "por qué" –ha escrito Nietzsche–, y soportaré cualquier cosa.»

El sufrimiento de la futura mariposa tiene un sentido, puesto que nace del esfuerzo que va a permitirle volar. Es el precio de su liberación. Es algo más que útil, indispensable. Así ocurre también con la mujer que pare, puesto que el dolor acompaña al hecho de dar la vida[21]. Y es necesario asimismo para el recién nacido, para quien constituye una prueba que influye en la formación de su carácter, como ha demostrado Grof con sus estudios sobre las matrices perinatales[22]. Lo es el sufrimiento del deportista que supera sus propios límites y así bate nuevos récords. Para citar un ejemplo extremo, Jesucristo dio un sentido a su martirio en la cruz y a su muerte.

Por el contrario, padecer dolores terribles bajo la fresa del dentista habiendo analgésicos, es algo que *a priori* no se justifica para nadie. Torturarse íntimamente durante años a causa de las secuelas psicológicas de un traumatismo o de unas sevicias sufridas en la infancia, ahora que existen terapias que pueden remediarlo, tampoco tiene sentido. Un dolor pequeño pero absurdo se sobrelleva peor que otro más intenso, siempre que éste signifique algo para nosotros.

Viktor E. Frankl, superviviente de los campos de concentración nazis, autor de obras excepcionales, ha escrito: «Vivir es sufrir. Sobrevivir es hallar un sentido al propio sufrimiento.» Y agrega: «El hombre no busca el placer ni el sufrimiento, lo que busca es un sentido a su vida.» A falta de sentido, el placer envilece y el sufrimiento destruye. Nuestro rechazo de casi todas las formas de sufrimiento (excepto el deportivo), y lo mismo nuestra frenética búsqueda hedonista, que son rasgos característicos de la sociedad contemporánea, se presentan así como reflejo de la pérdida de sentido que muchos le diagnostican. En estas condiciones, el sufrimiento deja de ser el testigo de un esfuerzo que realizamos para superarnos en un dominio determinado, y se conceptúa únicamente como malestar inútil, desprovisto de sentido y que debe ser eliminado acudiendo a los medios exteriores: aparatos, fármacos, drogas.

En resumen, aquí no se recomienda «sufrir por sufrir», ni condenar sin discriminación todo sufrimiento para caer en un hedonismo primitivo y tan perjudicial, a largo plazo, como el exceso contrario. Lo que propongo es distinguir entre el sufrimiento que engrandece y el que destruye, al igual que existe un fuego, el del sol, que calienta y madura los frutos, y otros fuegos que abrasan y carbonizan todo lo que tocan.

Si realmente deseamos ayudar al prójimo, tendremos que plantearnos necesariamente la cuestión fundamental: ¿Por qué sufre ese prójimo? ¿Qué gana o pierde con su padecimiento?

El hecho de sufrir un poco, ¿le hace más fuerte, más inteligente, más resistente, más tolerante? ¿O no? Todo padre, todo educador, todo entrenador o líder han de enfrentarse tarde o temprano al problema del sufrimiento ajeno, para aprender a comprenderlo y a reaccionar. Ahora bien, lo mismo que el niño gusta de lo dulce y detesta lo amargo que tal vez el adulto aprecia, es preciso que uno mismo haya destilado la amargura de su propio sufrimiento, y que haya degustado luego el néctar precioso que se extrae de ello, para que le sea posible favorecer en otro, acompañándolo, el funcionamiento de esa alquimia interior que nos lleva a tolerar el fuego del sufrimiento, en vez de abalanzarnos contra él extintor en mano.

Existe en los códigos un delito de «inasistencia a persona en peligro». De manera que no ayudar a uno que sufre –por ejemplo, un herido grave en el escenario de un accidente– está castigado por la ley. Pero, ¿no se observa a veces, también, un delito de «asistencia inoportuna a persona no amenazada» por ningún peligro? Es lo que ocurre con la mariposa de la alegoría, aunque ese delito no esté recogido en el Código

Penal. Las consecuencias del primero de estos delitos son obvias: el herido puede fallecer, o agravarse mucho su estado. Las del segundo son menos aparentes, porque no afectan al cuerpo, sino a las potencialidades de la víctima. Lo amenazado no es su vida, sino su porvenir, cuando se ahoga exteriormente lo que debía nacer desde el interior. La asistencia inoportuna a persona no amenazada es un delito contra la evolución personal, contra el crecimiento, contra la superación de sí mismo.

Dentro de ese mismo espíritu, un gran terapeuta preocupado lo mismo por el alma que por el cuerpo de sus pacientes enseñaba que el verdadero médico, cuando se dispone a tratar a alguien, debe procurar que la sanación haga recorrer al enfermo el mismo camino que le habría impuesto la enfermedad. A falta de lo cual, la mera curación física, a modo de liberación externa de la mariposa, privaría a ese paciente de las alas que habría desarrollado en él la comprensión plena y entera de su enfermedad.

Evidentemente la metáfora de la mariposa encierra mucha sabiduría. Subraya la primacía de lo interior sobre lo exterior, de lo sutil, energético o espiritual sobre lo material. *Inside out*, que salga a la luz nuestro potencial interno. Favorecer la emergencia de nuestros recursos en vez de atrofiarlos con aportaciones externas. Así recuperan sus patentes de nobleza nuestros esfuerzos en todos los dominios, e incluso nuestros sufrimientos, siempre y cuando sean útiles vehículos de un sentido, indicios de una auto-superación, de una evolución. La metáfora evoca una pedagogía del acompañamiento, de emergencia a la luz, frente a las ayudas mal entendidas que debilitan o destruyen lo que creían salvar. ¡Qué gran símbolo!

- 5 -

El campo magnético y las limaduras: modificar lo visible actuando sobre lo invisible

Imaginemos una mesita plegable de camping con su tablero de formica. Debajo de éste hemos ocultado un imán. A continuación le damos a alguien un salero lleno de limaduras de hierro, de color negro, y le pedimos que espolvoree la superficie del tablero. Entonces nuestro ayudante experimentará la sorpresa de ver cómo las finas partículas de hierro, en vez de distribuirse irregularmente sobre la superficie, se organizan formando una figura ordenada, que no debe nada al azar. En efecto, el campo magnético del imán, aunque invisible, ordena la distribución de las limaduras en función de las líneas de fuerza que unen sus dos polos.

Si ahora esa persona no se contenta con el dibujo obtenido y lo barre con el dorso de la mano, para espolvorear de nuevo la mesa con otro salero conteniendo limaduras teñidas de azul, las nuevas partículas se organizarán infaliblemente siguiendo las mismas líneas de fuerza y se formará un dibujo muy parecido al anterior, aunque de color azul esta vez.

En cambio, si acercamos o alejamos los polos del imán dispuesto debajo de la mesa, o acercamos los polos del mismo signo de dos imanes distintos, al instante las limaduras de hierro, sean del color que sean, cambiarán su distribución reflejando la subyacente del campo magnético.

Este experimento que hace las delicias de tantos niños en el colegio o en casa, es una excelente metáfora de los fenómenos que se observan en numerosos dominios de la actividad humana. Nos enseña, en efecto, que un acontecimiento perfectamente visible puede obedecer a influencias invisibles, pero no por ello menos demostrables. Cuando no tengamos en cuenta esas influencias sutiles, serán infructuosos los intentos que hagamos con el propósito de modificar la parte manifiesta del fenómeno. Las mismas pautas se repetirán incesantemente. Para obtener un cambio verdadero, en consecuencia, es preciso actuar sobre las causas profundas y no visibles[23].

El campo de aplicación de esta metáfora es inmenso, por lo muy acostumbrados que estamos actualmente a proponer soluciones superficiales para los problemas de fondo, de modo que no tenemos en cuenta sino la parte material, tangible y mensurable de los fenómenos que estudiamos. De tal manera que tanto en medicina como en agricultura, educación o política, intentamos remediar las dificultades que se presentan actuando sobre los síntomas, desatendiendo las causas profundas, de cuya existencia aquéllos no son más que reflejo aparente.

Sin embargo, el campo magnético y las limaduras están en cada uno de nosotros, y por eso nos interesa poner de manifiesto lo uno y lo otro. En nuestro caso, el campo magnético está formado por el conjunto de nuestras creencias.

Y no sólo las conscientes –cuestiones de religión, de filosofía, de las corrientes de pensamiento de que somos partícipes–, sino también y sobre todo los *a priori*, los valores, las preconcepciones y las creencias implícitas que hemos desarrollado en el transcurso de nuestra formación (sin verificarlas), o recibidas del entorno en que hemos vivido (familia, medio social, país). Se cree en unos dogmas religiosos, pero también en los propios fantasmas, en lo que le susurran a cada uno sus temores, en lo que dicen de nosotros y del mundo los demás. Creemos en ciertas ideas políticas, en una concepción determinada de la medicina, en unos valores culturales y sociales, en lo que se publica en los periódicos, y en muchas cosas más, inconscientemente la mayoría de las veces excepto si emprendemos su objetivación consciente.

Nuestro «campo de creencias», como podríamos llamarlo, ejerce una influencia poderosa e incesante sobre nuestra manera de ser, sobre nuestras percepciones, y también sobre nuestra manera de pensar y de amar. La «libertad de pensamiento» que nuestra sociedad dice reverenciar al más alto grado es un engaño, en gran parte, y dentro del estado de cosas actual. Engaño característico de una época que rinde culto al intelectualismo y no presta atención, pese a los trabajos de la psicología y el psicoanálisis (y aun antes, las enseñanzas de las diversas tradiciones), a todas las influencias subconscientes e inconscientes que recibe nuestro pensamiento supuestamente «libre». Lo mismo que la cabeza no puede vivir separada del cuerpo, tampoco nuestro intelecto piensa con independencia de lo que ocurre en el corazón (la afectividad) y en el organismo, ni en el plano consciente ni en el inconsciente. En otras palabras, nuestra libertad de pensamiento está constreñida en realidad dentro de nuestro campo de creencias. Éste delimita un espacio de fronteras, no por invisibles menos infranqueables, más allá de las cuales el pensamiento no llega a aventurarse. En la película *La guerra de las galaxias*, Lucas presentaba una secuencia que ilustra a las mil maravillas esa relación entre campo de creencias y libertad de pensamiento: algunos planetas estaban rodeados de un escudo magnético, de manera que las naves del espacio sólo podían evolucionar dentro de esa esfera invisible, excepto cuando alguien desactivaba la protección. Igualmente, las naves del exterior tampoco podían penetrar la frontera invisible, pero tangible. A mi modo de ver es una bella metáfora de esa otra esfera en la que evolucionan nuestros pensamientos, delimitada por nuestras creencias e impermeable a las ideas ajenas a su campo de influencia.

Si para los poetas el pensamiento tiene alas, nuestro campo de creencias es la jaula y nuestros temores sus más sólidos barrotes. No existe verdadera libertad de pensamiento sin libertad de creencias, es decir sin una toma de conciencia en cuanto a las creencias que actúan en nosotros. No es necesariamente cuestión de renunciar a ellas sino, como mínimo, de objetivar la influencia que ejercen sobre nosotros para no seguir siendo prisioneros de la misma. A este efecto, también hay que vencer los temores que galvanizan esa coraza de creencias, en el interior de cuya esfera giran nuestros pensamientos, y que nos impiden desactivarla a fin de explorar nuevos territorios.

En quien no ha hecho el trabajo de puesta al día de la malla invisible de creencias que ha tejido dentro de él su educación, el pensamiento es como un pájaro con un hilo atado a la pata, que sólo puede revolotear dentro de un espacio circunscrito y limitado. Ningún cerebro, por brillante que sea y bien entrenado que esté, se halla a salvo de esas influencias invisibles. En ciencia, en política, en economía, en todas partes abundan los ejemplos de grandes «pensadores», de hombres y mujeres geniales cuyos trabajos exhibían no obstante la tendenciosidad, la limitación o la desnaturalización infligidas por unos campos de creencias de los que ellos no eran conscientes. Las biografías de personajes como Darwin, Mendel, Einstein, Freud, Pasteur y otros muchos no dejan lugar a dudas acerca de este punto. No se les puede reprochar, en la medida en que ni en sus tiempos se enseñaba ni ahora se les enseña a los científicos el conocimiento de sí mismos, lo que habría servido para liberar a su pensamiento de esas influencias subterráneas que parasitaron sus trabajos.

Si deseamos realizar en nuestro interior un cambio verdadero, hay que actuar sobre ese campo subyacente, en vez de quedarse en la superficie de las cosas. Uno puede cambiar de trabajo, cambiar de marido o de mujer, cambiar de país, incluso cambiar de religión, y quedarse sin embargo con el mismo campo de creencias... el cual reconstruirá a su alrededor, sin pérdida de tiempo, la copia conforme de la situación que uno rehuía o esperaba cambiar. La mujer maltratada se divorcia y se busca otro marido, que también la maltrata. El empleado acosado deja su trabajo y recala en otra empresa donde se reanuda el acoso. El creyente que rehuye las restricciones de su religión adopta otra más exótica, pero no menos limitativa, y así sucesivamente. En todos estos casos, las limaduras de hierro han cambiado de color, pero no dejan de adoptar la misma configuración que antes. «Cuanto más cambia uno, más continúa en lo mismo», como solemos decir los franceses, indicando hasta qué punto los cambios que sólo afectan a lo superficial son inútiles.

Hallamos ahí todas las limitaciones del trabajo exclusivamente consciente, el que se dirige únicamente al cerebro: pensamiento positivo, análisis intelectual del comportamiento, afirmaciones. Si no toca a nuestro corazón, si no tiene en cuenta las emociones, si no levanta los bloqueos, si los temores continúan acechando en profundidad, si las creencias quedan en el plano inconsciente, cualquier cambio será superficial y poco duradero. Por este motivo son cada vez más las escuelas psicoterapéuticas que toman en consideración todas las dimensiones del ser humano –la espiritual, la intelectual, la afectiva y la corporal–, a fin de obtener cambios en profundidad dentro de esos campos de creencias.

En la persona que se toma su tiempo para realizar ese trabajo en profundidad y actuar sobre su propio «campo de creencias», los cambios en superficie, por el contrario, tienden a aparecer de manera espontánea, como una consecuencia natural de las operaciones iniciadas en su fuero interno. Quien se transforma en profundidad, modifica las relaciones que mantiene consigo mismo, para empezar, y luego con sus allegados, sus mayores, sus amigos y colegas. En el transcurso de algunos años, a veces en muy poco tiempo, las personas que recorren esa metamorfosis interior comprueban que todo su entorno ha cambiado también, espontáneamente: nuevas oportunidades profesionales, nuevo marco de vida, nuevas relaciones con la pareja (o con la nueva pareja, según sean los caminos que cada uno elige), sin necesidad de haberlo decidido o deseado conscientemente.

En un sentido general, la metáfora del campo magnético y las limaduras de hierro nos enseña que los cambios superficiales duran menos que una capa de pintura dorada sobre una superficie no preparada para recibirla, acabando por desprenderse. En el mejor de los casos, cuando nos imponemos ese cambio, cuando injertamos a la fuerza una forma nueva sobre un fondo que no le corresponde, tendremos la ilusión momentánea de haber logrado cambiar las cosas. Hasta que esa transformación superficial se deshoja, se marchita y desaparece, permitiendo ver otra vez el mismo fondo, que no ha cambiado.

Es lo que ocurre, por ejemplo, y tal como nos cuenta André Giordan[24], del Laboratorio de

Didáctica y Epistemología Científica (LDES) de Ginebra, cuando la escuela aplica un barniz de saber externo sobre las ideas preconcebidas de los niños, sin tomarse la molestia de identificar éstas ni procurar que evolucionen. Para ilustrarlo, Giordan recuerda la noción que tiene del cuerpo humano la mayoría de los niños. Sucede que muchos de ellos creen que la boca comunica con una especie de tubo, el cual se bifurca en su parte inferior para evacuar por un lado la «caca» y por el otro «el pipí». Como la escuela no tiene en cuenta esta concepción de las cosas, los maestros se limitan a recubrirla con una capa de pintura intelectual, cuando explican a los niños el funcionamiento del aparato digestivo (esófago, estómago, intestinos delgado y grueso, ano) que produce las heces, y luego el del sistema urinario (riñones, vejiga, uretra). En sus estudios, Giordan ha mostrado el escaso arraigo de esas explicaciones. Resulta así que muchos adultos, entre los cuales figura incluso algún sanitario, cuando se les pide que dibujen el interior del cuerpo humano empiezan por esbozar el esófago, el estómago, los intestinos... ¡y luego una división para evacuar la orina por delante y las heces por detrás! La noción infantil que nunca fue identificada, ni discutida, ni puesta en tela de juicio, sale de nuevo a flote años más tarde, por entre las grietas del revestimiento intelectual. En cambio, el sistema de enseñanza propuesto por André Giordan y su equipo parte de las concepciones que tienen los niños para estimular su evolución: el saber deja de ser algo que se aplica exteriormente y se asimila por vía interna, como las plantas cuando absorben el agua y desarrollan sus propias hojas a partir de lo que hemos puesto a su disposición.

Otro ejemplo: hace algunos decenios se derrumbó un antiguo crucifijo en una iglesia de México. Este incidente reveló que debajo de la imagen cristiana se ocultaba una divinidad azteca. Más tarde se descubrió el mismo fenómeno en otros muchos crucifijos de la época. Obligados a adoptar una religión que no era la suya, los habitantes del antiguo México disimularon sus verdaderas creencias bajo la forma que se les imponía. Es decir, demostraron de la manera más literal que aquello no era más que un revestimiento superficial, y que en el fondo seguían practicando la religión de sus antepasados. Bajo las apariencias cristianas continuaban venerando a sus propios dioses aztecas. Las «limaduras cristianas» no habían cambiado para nada el «imán azteca»; es decir, el campo de creencias que aquellas gentes seguían profesando en su fuero interno.

De manera análoga, las tentativas realizadas en varios países del mundo en el sentido de imponer la democracia a unas poblaciones que han vivido largos años bajo regímenes totalitarios, producen resultados bastante mediocres cuando dichas poblaciones no han recorrido previamente el trayecto interior correspondiente a esa forma política. No se le augura una duración estable al «motivo democrático» –la armonización de la estructura política– sino en los países donde las mentalidades y el funcionamiento de la sociedad han ido evolucionando progresivamente hacia estos modos. Tanto la regresión democrática ocurrida en Rusia, y que continúa en el momento de escribir estas líneas, como las considerables dificultades que Estados Unidos encuentra para llevar la democracia a Iraq, son ejemplos típicos de un intento mal aconsejado de reorganizar superficialmente la estructura política de un país. Para lo cual habría sido previamente necesario –y es una empresa que exige mucho tiempo– tutelar a las poblaciones de estos países, dándoles la posibilidad de evolucionar en su conciencia social y política hasta el nivel correspondiente al espíritu democrático. En Biología se dice que «la función crea el órgano». No sería mala idea inspirarse en este principio cuando queremos intervenir sobre el cuerpo social de un país, para no tratar de implantarle organismos democráticos antes de que haya evolucionado su funcionamiento hacia la democracia.

En cualquier ámbito, a menudo queremos persuadirnos de que basta bombardear a alguien con argumentos, con datos objetivos, con pruebas convincentes –es decir, afirmar, en suma, nuestra superioridad intelectual– para que cambie de opinión y adopte la que deseamos imponerle. La realidad es muy distinta.

Las creencias no pertenecen al orden intelectual, sino que tienen mucho de emocional e irracional. Por tanto, el raciocinio no suele ser suficiente para domesticarlas. Es verdad que a veces se logra que alguien cambie de opinión, cuando ya no consigue oponer el menor argumento frente a nuestra batería de razones. Pero ¿por cuánto tiempo...? Apenas le demos la espalda, nuestro interlocutor retornará a sus creencias anteriores, a las que se unirá la antipatía o el aborrecimiento que nos tendrá por haberlo anonadado con nuestra sapiencia.

Si no tenemos en cuenta este funcionamiento, nos exponemos a cometer muchos errores, torpezas y desaguisados. En política, por ejemplo, algunos creen posible oponer mejores argumentos a los de los partidos populistas o extremistas, de manera que persuadan a los seguidores de estos credos y les haga cambiar su voto a la hora de las elecciones. O, peor aún, cuando se piensa que ridiculizando a esos electores, menospreciándolos y condenándolos de mil maneras se conseguirá que cambien de bandería. En realidad sucede todo lo contrario: cuando la gente se siente atacada, tiende a hacer piña y se reafirma en sus convicciones. Mientras tanto, nadie identifica ni tiene en cuenta cuáles son sus aspiraciones, sus necesidades, sus temores, los factores determinantes profundos que explican su adhesión a tal programa político o tal ideología. En estas condiciones, el resto de los partidos no propone ninguna alternativa para satisfacer esas necesidades, para disipar esos temores ni para responder a esos interrogantes profundos.

Barrer con un gesto desdeñoso las convicciones políticas del prójimo sin tratar de comprender el campo subyacente que ellas reflejan, es una estrategia ineficaz, como lo demuestran los resultados crecientes de los partidos de extrema derecha a pesar de (o precisamente gracias a) las campañas denigratorias que se dirigen contra ellos. Por el contrario, la fuerza de un Gandhi consistió en tomarse el tiempo necesario para conocer en profundidad el pueblo de la India –sus anhelos, sus sufrimientos, sus aspiraciones, etc.– antes de elaborar una estrategia política que tuviese en cuenta todo eso, y mientras el resto de los líderes políticos indios mantenía discursos intelectuales completamente aislados de las realidades de sus conciudadanos. Sin embargo, el planteamiento de Gandhi tropezó también con sus propios límites: la no violencia tampoco se le puede imponer superficialmente al comportamiento del individuo. Es menester que sea el reflejo exterior de una transformación íntima. Las actitudes postizas no perduran. Y por cierto que ese postulado puede generalizarse a ciertos métodos «no violentos» que enseñan cómo conducirse y qué formulaciones utilizar para comunicarse armoniosamente con los demás, pero sin actuar sobre el lado oscuro del individuo, que es de donde emana su violencia. Así se produce el resultado paradójico de que algunos adeptos de esos métodos se manifiestan con una violencia inaudita en su práctica de la no violencia.

Tomemos un último ejemplo de esta metáfora del imán y las limaduras: el de Estados Unidos. El dinamismo mesiánico que presidió la formación de la sociedad estadounidense, y la misión de la que este país invariablemente se considera portador, en la actualidad siguen influyendo sobre el papel que pretende desempeñar en el mundo. Si dejamos a un lado ese trasfondo religioso, nos privamos de la posibilidad de entender qué es lo que determina las líneas maestras de la relación de Estados Unidos consigo mismo y con el resto del planeta. Para empezar, no creamos que unas nuevas elecciones, que un nuevo presidente o una nueva Administración puedan acarrear un cambio verdadero y profundo en la política estadounidense. Sería como creer, continuando con nuestra metáfora, que al cambiar las limaduras de hierro por otras de color diferente va a formarse una figura distinta. La evidencia nos recuerda todos los días que no ocurre así, y que el dibujo sigue siendo el mismo aunque haya cambiado su color político.

En una obra reciente sobre las diferencias entre los sexos, *Taking Sex Differences Seriously*, de Steven E. Rhoads (*Tomarse en serio las diferencias de sexo*, Encounter Books, 2004), encuentro inesperadamente otra ilustración del principio del imán y las limaduras de hierro. El autor explica en sus páginas que el feminismo, considerado como reacción frente a los excesos de la sociedad machista de antaño, ha propagado durante mucho tiempo la idea de que las identidades masculina y femenina no son más que arquetipos sociales, y que no tienen nada innato ni biológico. O, dicho de otro modo, que la identidad sexual sería lo superficial, como las limaduras, no lo fundamental, como el imán. Por tanto, según las feministas, bastará proporcionar exactamente la misma educación a niños y niñas para que se desarrollen de una manera idéntica, podríamos decir andrógina. De manera similar, los seguidores de estas teorías estaban convencidos de que educando a un menor en una línea deliberadamente orientada hacia determinado sexo, sería posible desarrollar en él la identidad correspondiente, e inhibir la otra, con independencia de si al principio era niño o niña.

Numerosos hechos y experiencias, que en la obra de Rhoads se enumeran en detalle, demuestran con claridad lo contrario. Es decir, que desde el nacimiento los pequeños muestran comportamientos innegablemente masculinos o femeninos, y que éstos se mantienen con independencia de la educación que reciban luego. Rhoads cita el caso de unos gemelos, uno de los cuales sufrió un error médico en la circuncisión y fue necesario amputarle el pene, y por último castrarlo. En vista de lo cual los progenitores adoptaron la versión femenina de su nombre y recibió la educación que normalmente se daba a las niñas hacia comienzos de la década de 1960. Sin embargo, el experimento fue un sonado fracaso. El niño siguió mostrando comportamientos típicamente masculinos, recuperó su nombre de pila inicial tan pronto como le fue posible, y algún tiempo después se casó con una mujer. Otros experimentos realizados por madres muy feministas, que intentaron criar a sus hijos varones sin darles juguetes bélicos (como revólveres, arcos o fusiles), absteniéndose de estimular su agresividad y su espíritu competitivo con la intención de que prevaleciese la naturaleza supuestamente andrógina, también fracasaron y pusieron de manifiesto, por el contrario, la naturaleza innata de las características de género. No se obtiene un chico espolvoreando a una chica con «limaduras» masculinas, y viceversa, no se convierte a un chico en chica obligándole a adoptar comportamientos femeninos[25].

En términos más generales, esta metáfora nos permite comprender cómo una visión materialista y superficial del mundo nos expone a meternos en una vía muerta, por cuanto nos incita a ignorar los factores determinantes profundos u ocultos de los numerosos problemas sobre los cuales pretendemos actuar. Con ese planteamiento, los efectos de las soluciones propuestas no pueden ser sino superficiales también, y por tanto efímeros. Bien se trate de los grandes retos ecológicos a que nos enfrentamos hoy, de la violencia, del hambre en el mundo, del desequilibrio Norte-Sur, o de los problemas de la educación y de la escuela, la mayor parte de las soluciones que se proponen se plantean modificar el dibujo de las limaduras, es decir cambiar la parte aparente de esas cuestiones. Lo que digo puede parecer una generalización precipitada y excesiva, pero es verdad. Tras la diversidad y la complejidad de esos problemas, está en tela de juicio el modo de funcionamiento del psiquismo humano, es decir nuestras maneras de amar y de pensar, y especialmente las relaciones que se establecen entre nuestro corazón y nuestro intelecto, así como entre lo inconsciente y lo consciente.

Miremos a nuestro alrededor. Todas las cosas que nos rodean, desde una casa hasta una figurilla de porcelana, desde un ordenador hasta una taza, desde una carretera hasta un poste del teléfono, han sido deseadas y pensadas antes de que fuesen fabricadas. Es una evidencia que olvidamos a menudo: estamos rodeados de deseos y de pensamientos materializados. Incluso nuestras leyes, nuestros derechos, nuestros valores, esos elementos más inmateriales que tanto influyen sobre nuestra existencia individual y colectiva, en un principio fueron concebidos por el pensamiento y criados por el sentimiento. Lo cual significa que las crisis y las dificultades mundiales que se nos plantean hoy, cualesquiera que sean los modos de su materialización en nuestra vida, tienen su origen en una determinada manera de pensar influida, conscientemente o no, por una coloración afectiva que aquélla reviste.

Decía Einstein que la solución a un problema no puede provenir de la misma mente que lo planteó. Una misma disposición de los polos magnéticos producirá siempre igual distribución de las limaduras de hierro. Por tanto, la intervención de otro pensamiento diferente es necesaria, pero no suficiente: debe cambiar también la relación entre nuestros pensamientos y nuestros sentimientos, entre lo consciente y lo inconsciente, entre esos dos polos de nuestra naturaleza que son los progenitores de nuestros actos y de nuestras realizaciones materiales.

Esa nueva relación se caracteriza principalmente por la toma en consideración de esa dimensión femenina, oculta, sutil, que interviene siempre en nuestras actividades, lo mismo si nos damos cuenta de ello como si no. El imán se ve, las limaduras también, pero el campo magnético no. Una idea puede ser expresada, y su realización es perceptible, pero el deseo, los sentimientos que hicieron posible el paso de lo uno a lo otro, no son visibles. Sin ellos, sin embargo, la idea habría permanecido estéril, como una semilla que no puede germinar privada de agua. El intelecto, por brillante que sea, no engendra nada sin la energía nutricia del corazón, del sentimiento, de la pasión, del deseo. Sólo se realizan los proyectos que han encontrado un corazón en donde establecerse y cobrar forma, por lo general, después de un período inicial de oscuridad protectora y fecunda.

La figura que adoptan las limaduras sólo cambia cuando modificamos la disposición del imán, aumentando o reduciendo el entrehierro, acercándolo o alejándolo con respecto al soporte donde se extienden las limaduras. En el plano simbólico, los cambios auténticos y profundos en las obras humanas dependen de la relación entre corazón e intelecto. La «guerra de los sexos», el eterno conflicto hombre-mujer, no es más que la reproducción exterior del conflicto que enfrenta a la cabeza con el corazón dentro de cada uno de nosotros, y que se refleja en todo lo que hacemos exteriormente. Hoy nuestra sociedad pretende haber abierto grandes espacios a las mujeres, pero ¿se hace algo para que la escuela no desarrolle sólo el intelecto, sino también el corazón, la feminidad interior...? ¿Qué lugar concedemos a las emociones, a los sentimientos, en la escuela, en el trabajo y en todas partes? Sucede así, con demasiada frecuencia, que la mujer no consigue abrirse paso en el mundo moderno sino cuando adopta actitudes masculinas, y que las emociones y los sentimientos no adquieren carta de ciudadanía sino racionalizándolos, aderezándolos con la salsa intelectual. Sería preciso que la paridad se realizase, antes todo, en nuestro fuero interno. Lo que significa reequilibrar el intelecto y la afectividad. Y también implica conocer mejor, dentro de nosotros mismos, las relaciones que existen entre lo consciente y lo inconsciente, entre la luz y las sombras, entre el alma y el cuerpo. Mientras sigamos ignorando o menospreciando cualquier componente de estas dualidades internas, pagaremos el precio de esos desequilibrios en nuestro ser y en nuestra circunstancia, como vamos comprobando todos los días.

Sin embargo, el cambio verdadero y profundo ha comenzado ya, y está cobrando amplitud. El desarrollo personal, la psicoterapia, los diversos métodos de comunicación van concediéndole al corazón el lugar y la significación que le corresponden. La espiritualidad, presentada bajo múltiples formas que son un buen remedio contra el pensamiento único, conoce un interés renovado tras largos años de ser arrojada erróneamente junto con el agua (¿bendita?) de la bañera de la religión. Cada vez son más numerosas las personas que leen revistas o libros, escuchan emisiones, asisten a conferencias o siguen cursillos donde aprenden a conocer lo «magnético», lo femenino, el corazón, lo oculto. Y comprobamos, sin sorprendernos demasiado a decir verdad, que esas personas que trabajan las polaridades interiores –intelecto / afectividad, consciente / inconsciente, espíritu/cuerpo– son las mismas que promueven nuevos planteamientos en educación, en medicina, en agricultura, en las ciencias naturales y en otros muchos dominios de la actividad humana. El cambio interior se refleja y se traduce en lo exterior. Así va apareciendo progresivamente una nueva cultura o, mejor dicho, muchas culturas nuevas, en plural, como señalan Paul H. Ray y Sherry Ruth Anderson en su obra *L'émergence des créatifs culturels* (*El surgir de los creativos culturales*)[26]. Según estos autores, en los países occidentales más de la cuarta parte de la población ha recibido ya la influencia de esa evolución. Esta vez sí se ha cambiado ante todo el imán, obrando en profundidad. Y aunque las formas antiguas, algo fosilizadas, opongan resistencia a las nuevas corrientes que las atraviesan, a largo plazo es inevitable su desaparición gradual, y la sustitución por estructuras nuevas en resonancia con esos cambios profundos[27].

Por tanto, podemos utilizar la alegoría del imán y de las limaduras como un interesante filtro para ver lo que pasa dentro y alrededor de nosotros. Nos sugiere que no nos detengamos en las apariencias, en la superficie de las cosas. Que nos retrotraigamos a las causas primeras. Que actuemos sobre los determinantes profundos de lo que nos proponemos cambiar –en nosotros mismos, o en el mundo– en vez de dilapidar nuestro tiempo y nuestras energías modificando las formas, cuya ordenación responde de todos modos a unas influencias ocultas.

A mi modo de ver, uno de los denominadores comunes de la evolución humana desde hace más de un siglo es precisamente que la atención se haya vuelto hacia la cara oculta de la realidad, la que no captan nuestros sentidos, pero cuyo papel e influencia no pueden pasarse por alto. Freud, por ejemplo, pone de manifiesto la noción de inconsciente, la parte oculta del psiquismo. Pierre y Marie Curie abren las puertas al estudio de la radiactividad en Física. Se ha revelado también la existencia de múltiples ondas, en las que se basa el funcionamiento de muchos aparatos ya familiares para nosotros: la radio, la televisión, el teléfono móvil, el radar, el sonar. Un biólogo inglés, Rupert Sheldrake, ha postulado la existencia de los «campos morfogenéticos», de naturaleza y tipo de energía aún desconocidos, para explicar cómo se crea la forma específica de cada ser vivo (cuestión aún no resuelta en Biología), y más allá de eso, cómo entre los animales y los humanos se transmiten ciertas destrezas aprendidas entre el primer individuo y el resto de la especie. Los estudiosos de la comunicación han descubierto la gran importancia de lo no verbal, de lo que no se expresa con palabras sino por medio de la mirada, las posturas y la entonación. Hemos enviado satélites a fotografiar la cara oculta de la Luna. Los biólogos han revelado la influencia olfativa de ciertas hormonas en dosis moleculares que escapan por completo a nuestra percepción consciente, pero que no por ello resultan menos determinantes en nuestros comportamientos.

Día tras día vamos descubriendo que el mundo es mucho más que materia, mucho más que lo que nuestros cinco sentidos nos permiten percibir. La vista no capta más que una banda muy limitada del espectro lumínico, tal como el aparato auditivo sólo oye una parte de las frecuencias sonoras. Millones de informaciones que circulan en todo momento por el universo escapan a nuestros cinco sentidos, y sin embargo desempeñan un papel crucial en el funcionamiento del mundo sensible.

Cabe pensar que el mundo físico no sea más que la parte más densa, más compacta, de una realidad que apenas hemos comenzado a explorar. Así nos lo venían sugiriendo las diversas tradiciones espirituales de los cinco continentes. Y tal como el vapor, al enfriarse, primero se convierte en agua y luego en hielo, que es un sólido, quizá la materia no sea más que una condensación de energías sutiles –lo espiritual, lo pensado, lo sentido– cuyo alcance sólo hemos empezado a captar.

Ayer actuábamos sobre el mundo mediante la fuerza física, construyendo, esculpiendo, trabajando la materia. Hoy, cuando las informaciones circulan por Internet, invisibles impulsos eléctricos afectan ya a la vida de millones de personas. Mañana, un mejor conocimiento de la potencia creadora y formativa del pensamiento y del sentimiento, así como de las facultades espirituales del hombre, suscitará otras evoluciones más espectaculares todavía. Los valores éticos, tan difícilmente respetados en un mundo en donde todo parece disperso y sometido a las leyes del azar y de la muerte, tal vez serán mañana evidencias clarísimas para todos, cuando hayamos desarrollado la conciencia de la unidad de lo viviente y de una energía que, tal como el campo magnético sigue existiendo aunque retiremos las limaduras, sobrevive a la destrucción de los cuerpos y a las formas efímeras.

La metáfora del imán, cuyo poder aparentemente mágico fascina a los pequeños, nos invita a explorar las dimensiones no visibles de la realidad, así como a aprender cómo se crea en los planos sutiles aquello que desearíamos ver luego manifiesto en el mundo físico.

- 6 -

El huevo, el pollo... y la tortilla: de la cáscara al esqueleto

En el huevo, lo exterior es duro (la cáscara) y lo interior es blando (la clara y la yema). Con su dureza, la cáscara evita que el contenido líquido se derrame antes de que el embrión haya completado su desarrollo dentro de aquélla.

Si se incuba como es debido, bañado de calor, el huevo hará posible que su contenido se organice progresivamente.

Cuando el embrión se haya desarrollado por completo dentro de la cáscara, y convertido en pollo, comprobaremos que lo interior es duro (el esqueleto) y lo exterior es blando (la carne y las plumas). Una vez adquirida esa solidez interior, que le permite prescindir de la

protección, el pollo puede romper la cáscara, librarse de ese entorno limitado que ha dejado de ser útil, y que resultaría sofocante si se prolongase la permanencia en él.

Al romper la cáscara, el pollo demuestra que ha completado su desarrollo, que ha interiorizado en su esqueleto la rigidez que caracterizaba la envoltura exterior del huevo.

El paso del huevo al pollo es una metáfora interesante de otras muchas transformaciones que afectan a los humanos. La cáscara del huevo es un elocuente símbolo de las estructuras en cuyo seno se crían los niños. Es decir, el marco (o el recinto) familiar, escolar, social, religioso y político en el que nos desarrollamos. Durante los años de formación, ese marco nos es necesario para estructurarnos, para construirnos. Necesitamos esos límites, al igual que necesitamos, como el huevo, un calor –amoroso, en términos simbólicos– para que se desarrolle nuestro potencial.

La cáscara, sin embargo, sólo es útil durante cierto tiempo. En su momento, tendremos que romperla puesto que ya no la necesitaremos, supuesto que hayamos adquirido nuestra fuerza interior propia. Los códigos religiosos y morales, por ejemplo, que heredamos en el transcurso de nuestra educación, deberían servir para desarrollar la «columna vertebral» de la «firmeza» moral y espiritual, según la analogía corriente. Una vez construido ese esqueleto interior, el individuo ya sabe cómo comportarse, sin más necesidad de andaderas ni muletas. Nuestra «firmeza» deriva de lo que nosotros mismos somos, no del temor a la autoridad, ni a las limitaciones que se nos impongan exteriormente, las leyes, las reglas, los códigos morales[28].

El individuo que en el seno del huevo familiar o social ha sabido desarrollar su propio esqueleto, su osamenta psíquica y espiritual, sus valores, deja de necesitar la cáscara impuesta y puede romperla libremente. En adelante hallará dentro de sí mismo las fuerzas y los apoyos que le permitirán mantenerse «recto» y no caer a la primera oportunidad (o, en su caso, levantarse en seguida). Incluso cuando todas las estructuras sociales se hundan a su alrededor, en medio de la anarquía, del caos o de la guerra, e incluso aunque no corra ningún peligro de ser «pillado en falta» si hace algún daño, esa persona seguirá comportándose igual, porque su comportamiento le viene dictado desde el interior, y sus propios valores le reconfortan. Hasta puede ocurrir –especialmente en nuestros días– que estos individuos provistos de un espinazo moral posean valores más sólidos y más resistentes que los del ambiente que los rodea. Sucede entonces que los allegados, la familia, el entorno profesional, buscan apoyo en esas personalidades... cuando no les echan en cara la rectitud y la solidez de sus convicciones.

Digamos también, de paso, que en todas las épocas, lo mejor de la evolución social se debe a estos individuos dueños de una fuerza interior que les permite romper las cáscaras exteriores de su tiempo, al reconocerlas como inútiles, y proponer a las generaciones siguientes nuevos modelos de organización social, política o profesional... en espera de que éstos sean rotos a su vez por las nuevas «puestas», cuando nazcan de ellas los nuevos pollos.

Pero no todos los huevos de gallina dan lugar a un pollo, como se sabe. Si la cáscara se rompe prematuramente, el contenido no habrá tenido tiempo para formarse y se vierte y desparrama. Así es como se hacen las tortillas o los huevos revueltos. En el plano humano se observa lo mismo, especialmente en lo que concierne a los fenómenos colectivos. Hubo «tortilla social» en mayo del 68, con la liberación consiguiente. Al romper la cáscara social excesivamente rígida de la época, los líderes de aquel movimiento abrieron una brecha por donde se desparramaron muchos, algunos de ellos portadores de nuevos valores, pero también otros cuyo desarrollo interior no necesariamente había alcanzado un nivel suficiente. Y lo más lamentable fue que esa generación, tal vez agotada por la lucha que condujo a la ruptura de las sujeciones sociopolíticas y religiosas, no supo o no pudo proponer a la siguiente una cáscara mejor adaptada. Creyó posible prescindir de eso por completo, y saltarse una etapa, de la que sólo veía el aspecto restrictivo, desconociendo la dimensión formativa. El resultado fue una «generación tortilla», a la que luego vimos buscando con desesperación unas referencias formativas, unos esquemas estructurales, unas veces a través de los enfrentamientos con la policía, y otras afiliándose a bandas o sectas de todo tipo.

Tras una generación de niños-reyes, de niños-déspotas, como titulaban reiteradamente las revistas, asistimos al retorno de la autoridad en la familia y en la escuela, acompañada de un «permitido prohibir». Es un cambio todavía tímido, porque viene vinculado a una dudosa recuperación política (¿o es que la autoridad es inseparable de la derecha?). Pero ¿queda resuelto el problema con eso? No lo veo tan seguro. En la Historia hay muchos ejemplos de esas oscilaciones del péndulo entre posiciones extremas, sin que se encuentre nunca un justo equilibrio. La «tortilla social» es uno de esos extremos. El otro, hablando en términos simbólicos, es el huevo con cáscara y rebozado de cemento.

Si la explosión de mayo del 68 fue tan intensa, ello se debió a que la rigidez del huevo social revestía entonces proporciones mortíferas. Un pollo, en efecto, dispone de un tiempo concreto para desarrollarse, madurar, romper la cáscara y nacer. Cuando las condiciones no son favorables, cuando el desarrollo se interrumpe, esa cáscara será su ataúd, de donde no saldrá nunca, o lo hará muerto en todo caso. Lo mismo pasa cuando las estructuras educativas, sociales o políticas no responden a la misión que tenemos derecho a exigir de ellas. Algunas, como los sistemas totalitarios, procuran más bien sofocar toda posibilidad de evolución, de cambio y de maduración en su seno. Otras, sin ser necesariamente tan deletéreas, simplemente no ofrecen a quienes viven dentro calor suficiente para que puedan desarrollarse y madurar. También las hay que nunca han sido fecundadas por ese germen que le transmite al huevo su esquema de desarrollo y que orienta su potencial a la realización de un ser completo. De manera similar, algunas sociedades se cierran herméticamente a todo pensamiento nuevo, a los gérmenes de nuevas ideas, al aliento espiritual que podría revitalizar sus posibilidades latentes. Tales sociedades son estériles, espiritualmente hablando: «funcionan», hacen ruido, pero han dejado de crear, de regenerarse, y, sin ser conscientes de ello siquiera, muchas veces han enfilado ya el camino de su decadencia.

Al igual que ocurre en cierto tipo de enfermedades, en las que el cuerpo no acierta a distinguir entre los gérmenes nocivos atacantes y sus propias «tropas», volviendo contra sí mismo la defensa inmunitaria, tampoco el cuerpo social francés sabe ya realizar la distinción entre las organizaciones o las ideas sectarias, y esos otros organismos y conceptos que quieren aportar un aire nuevo, y que podrían enriquecer a toda la sociedad. El huevo social se encierra en sí mismo, se reviste de hormigón armado y, temeroso de verse «infiltrado» por algún germen destructor, se cierra a la posibilidad de ser fecundado por las nuevas ideas.

El paso del huevo al pollo, por tanto, no está sistemáticamente asegurado, y requiere una coyuntura de factores favorables. Según el estado de la cáscara, la temperatura ambiente y la presencia o ausencia de un germen, el huevo actualizará o no al pollo, cuyo potencial estaba contenido en él.

Otra noción importante que se encuentra en la metáfora del huevo y el pollo: la de la alternancia entre los ciclos de creación y destrucción. Si no se destruye la cáscara, el pollo no nace. Y si la nueva generación ya adulta, de gallos y gallinas, no fertiliza a su vez una nueva progenie, faltará la próxima puesta. Pero, como ya hemos tenido ocasión de mencionar, la sociedad occidental moderna rechaza la muerte y tiene, en general, una visión negativa de los procesos destructores, que son, sin embargo, indispensables para toda nueva creación. Ello se observa, por ejemplo, en el encarnizamiento que demostramos con las personas en estado terminal, con desprecio de la calidad de vida muchas veces, e incluso de la simple humanidad. Pero también se manifiesta en la fosilización del pasado, disfrazada comúnmente de interés arqueológico o de afanes de conservación del patrimonio cultural. Estos pretextos han cobrado hoy día dimensiones patológicas. ¡Lejos de mí la idea de hacer tabla rasa del pasado y destruir todas las cosas antiguas! Entre las riquezas de la humanidad destacan las culturas y los patrimonios cuyas huellas importa conservar... mientras ello sea razonablemente posible. Pero, ¿lo es siempre? ¿No hay también una especie de encarnizamiento terapéutico en relación con las obras humanas?

La catedral de México D. F., por ejemplo, está virtualmente difunta y sólo se sostiene a fuerza de enormes andamios. ¿Tiene sentido eso? Al mismo tiempo vemos que muchos se rasgan las vestiduras ante el mínimo intento de derribar el menor edificio viejo (ni siquiera antiguo) para levantar en su lugar alguna obra nueva. Se gastan fortunas en preservar de la ruina del tiempo unas obras que ya superaron con mucho el que tenían derecho a esperar... cuando esas mismas inversiones podrían servir para alimentar creaciones nuevas, o responder a necesidades totalmente actuales, sociales, ecológicas u otras. Hay en esas actitudes un cierto rechazo frente a la vejez, al deterioro, a la muerte... que paradójicamente se vuelve letal a su vez, por cuanto se opone a la renovación, al reciclaje, a la regeneración que pasan necesariamente por el proceso de destrucción-creación de una nueva vida.

Para ilustrar lo dicho citaré un caso ocurrido hará veintitantos años en Ladakh-Zanskar, un pequeño país budista (tibetano) del norte de la India. Una fundación europea descubrió allí, en un templo encaramado entre montañas, una magnífica y gigantesca estatua de Buda. Era muy antigua y empezaba a sufrir un serio deterioro. Según el dictamen de los miembros de la fundación, precisaba de una restauración urgente. Se reunieron los fondos necesarios, que fueron remitidos al monasterio en cuestión. Los monjes aceptaron el dinero y se apresuraron... a demoler la estatua vieja de Buda para entronizar en su lugar otra del mismo tamaño, ¡y con los colores más frescos! En efecto, la noción de impermanencia es uno de los conceptos básicos del budismo: nada permanece eternamente igual, todo cambia, todo se transforma y todo muere y renace. ¿Para qué conservar una estatua vieja? ¿Qué justificación tenía ese apego, puesto que otra nueva serviría para las mismas funciones?

Esta historia ilustra de un modo casi caricaturesco las diferencias de mentalidad entre una sociedad materialista que rechaza la muerte, y una sociedad espiritualista que comprende los ciclos eternos de la creación y de la destrucción, de la vida y de la muerte.

Aparte las cuestiones de arqueología y conservación del patrimonio, nuestra actitud ante la muerte también condiciona la vida y la muerte de las estructuras sociales, políticas, económicas o pedagógicas que hemos implantado. Obsesionados por el crecimiento y el desarrollo, ya no sabemos destruir. Nuestra sociedad crece así como un tumor canceroso que prolifera cada vez más, en detrimento del organismo (es decir, en nuestro caso, de nuestro medio ambiente natural y social). No más muerte, no más destrucción. Ni tampoco más regeneración auténtica: se contentan con una rehabilitación formal para hacer creer que algo ha cambiado, como si pintaran un pollo sobre la cáscara de un huevo para transmitir la apariencia de que hubiese nacido.

Podemos, por tanto, leer algunas de las crisis actuales –la del sistema educativo nacional, la de la indiferencia cada vez mayor por la cosa política, las de los diversos conflictos económicos– a la luz de nuestra incapacidad para romper las cáscaras viejas a fin de que nazcan formas nuevas. Éstas se ahogan entonces dentro de un huevo cada vez más petrificado. A lo mejor deberíamos señalar una fecha de caducidad a los sistemas que ponemos en pie, como se hace con los productos alimenticios. De manera que, cuando hubiesen rebasado su período de utilidad, fuese posible desmontarlos fácilmente y reemplazarlos por otros más adaptados.

Si bien ésa sería en efecto una buena solución, en realidad no es indispensable para que las cosas evolucionen a pesar de todo. Nada puede oponerse al cambio por demasiado tiempo, porque la vida misma es cambio, y sin él ninguna vida sería posible. La única elección auténtica que tenemos se refiere a la manera de efectuar los cambios necesarios: con suavidad, de manera constructiva... o brutalmente, por la ruptura y la violencia. Cuando rehusamos la muerte y la destrucción de las cosas cuyo plazo está vencido, cuando nos oponemos al cambio y pretendemos inmovilizar el statu quo, no hacemos más que predisponer transformaciones brutales y violentas. En estas condiciones, nos arriesgamos una vez más a pasar de un extremo al otro, de un desequilibrio a otro, alternando entre «tortilla» y «huevo petrificado», entre laxismo y autoritarismo rígido, en vez de procurar la sintonía con los ciclos de la vida y la muerte que rigen todas las cosas. Desde el nacimiento de un sistema o creación hay que prever el deterioro y el final que no pueden dejar de experimentar, llegado el momento. Es así que la metáfora del huevo reviste un carácter cíclico –huevo, pollo, huevo, pollo, huevo, pollo, etc.–, lo cual nos recuerda que la vida funciona por ciclos en todos los niveles, y no de la manera lineal con que nosotros vemos las cosas por influencia de la mentalidad racionalista. Tampoco la Historia es como una recta ascendente dibujada entre la abscisa y la ordenada, que partiese de la prehistoria para llevarnos a un porvenir radiante. Es una espiral en la que alternan sin cesar el día y la noche, veranos e inviernos, construcción y destrucción, auge y decadencia, conflictos y paz, inspirar y expirar. Toda tentativa por nuestra parte de suprimir un elemento de estas dualidades, está condenado al fracaso y rompe... los huevos.

- 7 -

La víbora de Quinton: medio exterior y fuerza interior

El biólogo René Quinton (1867-1925), padre de la talasoterapia y también de la aviación civil francesa, y el héroe de guerra más condecorado de la Historia de Francia, fue un individuo fuera de lo común en muchos sentidos[29]. Como Pasteur, no era médico pero un día tuvo una intuición extraordinaria, que le hizo descubrir la aplicación del agua de mar a fines terapéuticos (bajo una forma especial llamada «plasma de Quinton», que ha salvado la vida a cientos de miles de personas).

Los azares a veces incomprensibles de la Historia han determinado que este personaje, más conocido que Pasteur en su época y considerado como un bienhechor de la humanidad, haya quedado casi olvidado en nuestros días. El plasma marino se utiliza sólo en veterinaria, pese a representar un recurso terapéutico sin igual en medicina humana.

A esta intuición asombrosa de Quinton dedicaremos el presente capítulo, porque aparte sus aplicaciones médicas, de por sí fascinantes, es también portadora de ricas enseñanzas, metafóricamente hablando.

Cierto día de otoño, mientras paseaba por el bosque, René Quinton se tropezó con una víbora. Había refrescado mucho para la estación en que se hallaban, y de acuerdo con la temperatura ambiente, aquel reptil que en principio debería haber iniciado ya su hibernación estaba muy aturdido y apenas se movía. El sabio recogió la víbora, se la llevó a casa y la dejó cerca de la chimenea, donde tenía encendido un buen fuego. Al cabo de unos minutos, la serpiente se animó al calor del hogar y recuperó toda su vitalidad y movilidad. Después de un rato incluso empezó a mostrarse agresiva.

Al observarlo, Quinton se hizo la consideración siguiente: «La vida no creó a la víbora para que estuviera letárgica y entumecida. Si hoy es así, ello se debe a que la especie apareció en una época en que siempre hacía calor en la Tierra, en cuyas condiciones la vitalidad del reptil se expresaría de manera óptima.»

Basándose en esta primera intuición, elaboró la asombrosa teoría sobre la evolución de las especies zoológicas en la superficie de nuestro planeta que se resume aquí.

Las formas de vida más primitivas aparecieron en los océanos cuando éstos se hallaban a una temperatura de alrededor de 43°, cuando la Tierra, que había sido en su origen una bola de fuego, se había enfriado ya considerablemente. La Tierra continuó enfriándose, y la temperatura media de los océanos también disminuyó algunos grados. De pronto, las primeras especies que se hallaban en ósmosis completa con su medio ambiente empezaron a sentir el frío. La vida, sin embargo, se opuso a esta decadencia creando nuevas especies vivas capaces de resistir la bajada de las temperaturas, a fin de preservar las condiciones de vida originales, que eran óptimas. Pero estas nuevas especies ya no estaban en ósmosis perfecta con el medio exterior. En adelante iban a poseer un medio interior, distinto de aquél, y que reproducía las condiciones biológicas originarias.

Transcurridos centenares de miles de años, y mientras el océano seguía enfriándose, fueron apareciendo especies cada vez más complejas y capaces de mantener un diferencial de temperatura cada vez más importante con respecto al medio exterior[30], mientras que las especies anteriores –como la víbora– quedaban condenadas a sufrir el deterioro del medio y vivían una parte del año en una especie de «animación suspendida».

Así pues, a medida que el medio exterior pierde energía y se degrada (entropía), la vida compensa dicha degradación al interiorizar lo que deja de recibir exteriormente, y desarrollar nuevas facultades. Cuando el medio exterior llega a ser demasiado frío, las especies aprenden a crear su propio calor. Cuanto más aumenta la concentración salina de los océanos, más conservan los seres vivos en su

medio interior la concentración salina original. Y en los fondos abisales de los océanos, adonde no llega la luz, incluso aparecen especies capaces de generar su propia iluminación.

Aunque no era místico, llevando su razonamiento al límite se atrevió a postular que si algún día llegase a desaparecer el sol, eso significaría que las especies vivientes habrían integrado en su interior toda la energía.

Pertinente o no desde el punto de vista zoológico[31], en todo caso esta visión ofrece una interesante metáfora de ciertos comportamientos humanos.

¿Qué es lo que dice Quinton?

Afirma que el ser vivo, cuando nace (o cuando aparece la especie), se halla en ósmosis con su medio ambiente. Las características de ese medio ambiente pasan a ser las suyas. ¿Qué pasa, entonces, cuando ese medio se degrada? Algunos seres decaen con él, porque no logran desarrollar una autonomía propia. Otros resisten a esa degradación y adquieren una independencia con respecto a las condiciones del medio exterior mediante la creación de un medio interior que puede soportar una diferencia más o menos importante en relación con aquél. O, dicho de otra manera, que frente a la decadencia de las condiciones de vida, ciertas especies realizan un salto evolutivo, comparable al brinco que la rana, si no está entumecida, puede dar para escapar de un medio que ha llegado a ser nocivo para ella.

¿Qué surge al aplicar este principio a la existencia humana?

Como las especies que viven en el agua, los humanos desde que nacemos estamos sumergidos en un medio que presenta determinadas características. En el mismo prevalecen diversos valores familiares, religiosos, relacionales, políticos y culturales. De ellos absorbemos la mayor parte, no por la educación ni a través de una enseñanza explícita, sino de manera indirecta, subconsciente, por ósmosis con el medio en que vivimos. Sin que nos demos cuenta de ello, nuestro espíritu queda configurado a la imagen más o menos fiel del contexto que nos rodea. «Nuestros» valores, «nuestras» creencias, «nuestro» concepto de la vida representan así, en buena parte, el reflejo osmótico de lo vivido durante ese período de inmersión que es la infancia.

Repito mi cita de Pascal, «desgraciado el hombre que no se lo ha replanteado todo, al menos una vez en su vida». Sí, ese replanteamiento es el único medio de que se dispone para efectuar una selección entre todas las cosas que hemos absorbido pasivamente cuando éramos niños. La parte que decidamos conservar, en adelante será nuestra conscientemente, al tiempo que rechazamos aquello que no deseamos asumir como propio. En tanto no se produzca esta selección, en apariencia tendremos como nuestros unos valores y unas creencias que mientras no se demuestre lo contrario son meramente circunstanciales. Si hubiéramos nacido en otra familia, en otro país, en otra cultura, ciertamente «nuestros» valores, «nuestras» creencias y «nuestra» visión del mundo serían diferentes.

De no producirse este replanteamiento deliberado de todo esto que nos constituye, también una modificación del entorno puede evidenciarse reveladora. Esto puede ocurrir de dos maneras:

– que uno se encuentre de súbito en otro medio diferente, por ejemplo en ocasión de un viaje a otras culturas, bajo otros cielos;

– o bien, que el mismo medio en que uno se ha formado sufra una modificación rápida (guerra, depresión económica) o lenta (decadencia o evolución progresiva, como en el ejemplo de la rana).

El hijo adolescente de unos amigos míos, por ejemplo, fue a residir durante un año a Estados Unidos, en casa de una familia. Sumergido en este nuevo medio, como contaba más tarde, perdió la obsesión por la higiene, que era uno de los rasgos de su familia biológica, a favor de una relación menos maniática con la limpieza. En cambio, ha perseverado en su adhesión a la puntualidad, a diferencia de la familia de acogida. Es decir, que su estancia en otro país le ha servido para empezar a cobrar conciencia de los rasgos que son verdaderamente suyos, dentro de lo que sus progenitores y su país de origen le habían enseñado, y qué otros eran actitudes y comportamientos adoptados por ósmosis, pero que pudieran desaparecer al hallarse en otro entorno familiar o social.

En otro plano diferente, las guerras suelen ser reveladoras de la presencia o ausencia de un rasgo en quienes las padecen. Algunos descubren en sí mismos un espíritu heroico, y se oponen al salvajismo y a la cobardía ambientes. Otros hacen coro al diapasón general. Y otros se ven desgarrados entre sus aspiraciones y lo que consiguen efectivamente realizar. Pero nadie puede saber de antemano cómo se comportaría en semejantes circunstancias, salvo si hubiese vivido la misma prueba de fuego en otra situación anterior más o menos parecida.

Sin embargo, y como hemos visto en el caso de la rana, son los cambios lentos y graduales los que someten a más dura prueba la solidez y la constancia de nuestros valores y de nuestras creencias. Si la sumergiéramos de golpe en el agua caliente, la rana daría de inmediato el brinco salvador. Es fácil reaccionar frente a algo que se opone violentamente a lo que creemos. Más difícil resulta descubrir una mínima desviación con respecto al eje que nos hemos fijado para nosotros mismos... con el peligro de que la aberración pase a ser la norma del mañana, y de que ulteriores desviaciones, todas ellas anodinas, acaben creando una nueva norma mucho más alejada de la primera. Hasta el día en que la acumulación de desviaciones menores nos lleve a una existencia tan diferente de la que había sido en principio la nuestra, como la de la víbora que pasa de un clima caliente, que le permite ser activa todo el año, a otro templado que la obliga a permanecer en hibernación la mitad del tiempo.

Desde puntos de vista diferentes, e iluminando diversos aspectos complementarios, estas metáforas nos hablan de lo mismo: cómo ser conscientes, cómo afirmar y desarrollar los propios valores, cómo resistir a lo que contradice el rumbo que nos hemos fijado, cómo aprovechar incluso las circunstancias adversas para fortalecerse.

La anécdota que acabo de contar ejemplifica claramente nuestra época. Muchos, en efecto, la juzgan «apocalíptica», aunque no en el sentido catastrofista que ha cobrado esa palabra, sino en su acepción original: reveladora.

Desde hace más de un siglo, y tal como había profetizado Nietzsche en *El ocaso de los ídolos*, muchos esquemas y muchas referencias colectivas han ido desapareciendo uno tras otro. Han caído numerosos tabúes y prohibiciones. No pasa año sin que se hayan relajado un poco más las limitaciones de la investigación, de la moral y de la ética (manipulaciones genéticas, clonación, experimentos embrionarios, eutanasia, matrimonios entre homosexuales y adopción, apropiación de genomas, y en la televisión: violencia, sexualidad y situaciones extremas en los espectáculos de «telerrealidad»).

El medio ambiente social, humano, económico, profesional, político, espiritual y relacional en que estamos sumergidos (por no mencionar el medio ambiente natural) se modifica a un ritmo acelerado, como ya se advierte fácilmente de un decenio a otro, y tal vez pronto llegará a notarse de un año para otro. Estos cambios nos afectan a todos, pero ¿en qué sentido?

Vale la pena plantearse esta pregunta. ¿Qué me dice esa evolución acerca de mí mismo? A estas horas en que el clima social se enfría, ¿soy como la víbora de Quinton que pierde su calor como el medio ambiente, o me parezco más a los animales de sangre caliente, y soy capaz de conservar mi propio fuego interior? En un entorno humano caracterizado por la entropía y el oscurantismo espiritual, ¿voy a sumergirme en la noche sin tener siquiera conciencia de lo que está pasando, o llevo mi propia luz interior, mi propia vida espiritual, independiente del contexto?

De día nadie ve las estrellas. Sólo la noche permite distinguir su brillo. De manera similar, es durante los fríos del invierno cuando se distingue mejor a los animales de sangre caliente de los de sangre fría, puesto que éstos están condenados a reducir su actividad biológica e hibernar. De manera parecida, en un clima social que preserva cierta luz intelectual y espiritual así como una medida de calor –lazos sociales, amor– no se distingue entre las personas que emiten luz y calor porque tienen recursos propios, y las que, como el fósforo y los calientapiés, no hacen más que devolver la luz o el calor que antes tomaron del medio ambiente. Pero cuando los valores colectivos y el clima social declinan, se conoce a los que siguen irradiando gracias a poseer energía propia.

De ahí la necesidad de plantearse esta otra pregunta: cuando las condiciones exteriores cambian, ¿qué puedo considerar verdaderamente mío? ¿Qué valores quiero reivindicar, qué posturas, qué opiniones o puntos de vista? ¿Tengo yo un medio interior personal, independiente? ¿Soy más bien reptil, como la víbora, o más bien mamífero...?

En el plano colectivo, la buena noticia es que el número de personas capaces de resistir frente a la degradación del medio exterior es mucho más importante de lo que quizá creeríamos, de hacer caso exclusivamente a los medios dominantes. Al menos, es lo que resulta de un estudio conducido por dos sociólogos estadounidenses y caracterizado tanto por su larga duración (casi catorce años) como por el tamaño del universo estudiado (unos 100.000 individuos). Dicho estudio de Paul H. Ray y Sherry Ruth Anderson se ha publicado en francés bajo el título de *L'émergence des créatifs culturels*, ya citado anteriormente[32].

Esos creativos culturales son personas como usted y como yo, pero que tienen una particularidad. Consiste en retirarse parcialmente de la cultura ambiente para consagrarse a alguna cosa más conforme con sus propios valores. Han elegido –como usted, tal vez– una manera diferente de cuidarse, o de educar a sus hijos, o unos criterios de consumo más exigentes (comercio justo, productos biológicos), o tal vez un modo de vida diferente, una alimentación más sana, etc. Resumiendo, han realizado una elección personal contraria a los valores dominantes, al menos en un aspecto de su vida, en vez de seguir la tendencia general porque consideraban que no les convenía.

La misma terminología «creativos culturales» es interesante y reveladora. Sugiere que las personas que resisten frente a la degradación cultural ambiente no lo hacen exclusivamente a título individual, sino que logran reconstruir –aunque sea a una escala pequeña, la de un colectivo, una empresa o una población– unas nuevas culturas: plural precioso en estos tiempos de pensamiento único. Éste es un detalle importante. En efecto, mientras Quinton demostró que la vida es capaz de resistir a la entropía creciente del medio, otros descubrimientos más recientes de la ecología van más lejos, y sugieren que las especies vivientes no sólo pueden resistir a la evolución del medio que habitan... sino incluso transformarlo a su vez. Por ejemplo, la asombrosa estabilidad de la composición mineral del medio marino –pensemos un momento en todo lo que recibe cada día, lluvias, tierras de aluvión, desechos varios– se debe a que las especies animales y vegetales de ese medio, los peces, los crustáceos, las algas, etc., trabajan constantemente por mantener el equilibrio que necesitan. En otras palabras, estas especies modifican el medio exterior en función de sus necesidades. Sabemos que existe el mismo tipo de reciprocidad entre las plantas y el clima de determinadas regiones: por una parte, el clima determina qué especies vegetales se crían en esos lugares; por otra parte, esas plantas influyen a su vez sobre el clima que se establece alrededor de ellas.

El ser humano tiene un poder parecido. No sólo puede resistirse a los cambios sociales que contrarían sus aspiraciones. Además es capaz de modificar su entorno social, para que sea más conforme a ellas. Tal es, precisamente, la empresa a que se dedican los creativos culturales, conozcan o no esa noción. Y no importa si tienen o no conciencia de estar desarrollando un proceso de resistencia individual y de transformación colectiva. La originalidad de su planteamiento, en comparación con otros parecidos pero más políticos, es que ellos parten inicialmente de un cambio interior, que en una segunda etapa tiende a propagarse hacia el exterior.

Se afirma que los creativos culturales representan ya casi la cuarta parte de la población estadounidense adulta (44 millones de individuos a las fechas de conclusión del estudio citado). Aunque no haya sido reproducida en Europa esa investigación, muchos indicadores nos permiten suponer que, entre nosotros, el porcentaje de creativos culturales puede ser de una magnitud parecida. La cuarta parte de la población, es una proporción considerable, aunque ello no se traduzca (todavía) en unas estructuras sociales o políticas susceptibles de influir más directamente en la marcha de las cosas (comparemos ese porcentaje con los resultados electorales bastante más bajos que obtienen ciertos partidos extremistas entre la alarma de toda la opinión).

Hablando en términos simbólicos, los creativos culturales tienen una biología de sangre caliente, que por un lado y frente a la ubicua entropía espiritual procura preservar un medio interior provisto de su moralidad y sus valores propios, es decir de un cierto fuego interior. Por otro lado, y en una segunda fase, trata de propagar esas cualidades interiores al medio ambiente social, con el designio de cambiar el mundo exterior. Sin embargo, exteriormente no presentan nada que los diferencie: ni se han reagrupado bajo ninguna bandera única, ni se observa ninguna uniformidad en sus elecciones, incluso cuando actúan movidos por un mismo impulso, por una misma voluntad de oponerse a la decadencia. La mayoría de ellos ni siquiera sabe que han sido agrupados bajo esa denominación. Esta particularidad, la ausencia de signos externos de reconocimiento, da mucho que pensar. Efectivamente, hasta ahora el concepto de «mutación» se asociaba a una transformación exterior y visible de las especies, y así quedaba recogida en la visión darwiniana de la evolución. Es posible que con la especie humana haya llegado el tiempo de las mutaciones interiores; es decir, las que afectan no tanto al aspecto físico ni a la fisiología, sino principalmente a la visión de las cosas, a las maneras de pensar y de amar, a las relaciones que uno desarrolla consigo mismo, con los demás y con el universo entero. También cabe imaginar que esa mutación, si es que puede llamarse así, tenga que realizarse en el plano individual. Que cada persona deba efectuar la suya, sin que ésta sea transmisible automáticamente a la descendencia (aunque una educación apropiada, indiscutiblemente, favorecería esa propagación). Por último, podría darse el caso de que ésa fuese la única solución verdadera a los problemas que enfrenta la humanidad actual. La implantación de nuevas leyes, de nuevas tecnologías, de nuevos remedios –derivados de la mentalidad que ha creado todos esos problemas– por sí sola no puede cambiar nada en profundidad, ni de modo duradero. El cambio interior –una nueva manera de pensar, de amar y de actuar– debe ser precursor e inspirador del desarrollo de unas soluciones y unos medios que sean realmente nuevos y adecuados para atacar en profundidad los problemas actuales.

Hasta aquí, hemos dedicado nuestra atención principalmente a lo que nos enseña la metáfora de la víbora de Quinton en cuanto a la capacidad de la vida –individual o de grupo– para oponerse al deterioro de su medio ambiente. En cierto sentido hemos subrayado cómo la excepción emerge de la regla cuando ésta ha dejado de ser admisible. Pero también podríamos estudiar esa misma metáfora desde el punto de vista opuesto. En vez de subrayar cómo es posible que una oveja negra se aleje del rebaño que corre peligrosamente hacia el despeñadero, cabría interrogarse sobre el poder del rebaño, del entorno, del ambiente, la importancia del contexto, la fuerza del número. De hecho, lo primero que nos indica la teoría de Quinton es la tendencia natural del individuo a ponerse en ósmosis con su medio ambiente, cuyas cualidades y/o defectos adopta. Así lo hicieron las primeras formas de vida que aparecieron en los océanos. Es también lo que hace la mayoría de los niños en el seno del medio familiar, religioso y sociocultural en que se crían. En el principio, la ósmosis es la regla y la individuación lo excepcional.

Sabiendo esto, sería preciso prestar mucha más atención a las atmósferas y a los ambientes que creamos –o cuyo desarrollo, digamos espontáneo, consentimos con nuestra pasividad– en la sociedad, en la escuela, en la familia, en los diversos contextos por donde nos movemos. Si creamos ciénagas, ¿nos extrañaremos de que éstas críen mosquitos ávidos de sangre? Si permitimos que se acumulen las nubes de tormenta, ¿debemos luego mostrarnos sorprendidos porque están cayendo rayos destructores? Puesto que la norma nos dice que conforme se degrada un medio ambiente dado, la mayoría de los individuos que lo habitan tiende a degradarse con él, deberíamos asignar prioridad a la tarea de vigilar la calidad del medio, del ambiente general, de las condiciones de vida.

Una persona que viva en el medio rural, por ejemplo, y que haga una visita a la capital, podrá comprobar cómo se transforma inmediatamente su propio comportamiento bajo los efectos del estrés que caracteriza a la gran metrópoli: el visitante camina alerta, la musculatura en tensión, más atento que de costumbre a sus objetos de valor (la cartera, las joyas, el bolso...). De manera parecida, el que se hospeda durante unos días en un monasterio, compartiendo la vida de los monjes, experimenta ciertamente los efectos de ese medio caracterizado por una rutina de cánticos, oraciones, silencios y trabajo consciente. En ese entorno, el huésped no se siente el mismo, y tal vez toma conciencia de una dimensión que estaba adormecida en su interior y que no conseguía manifestarse mientras él se movía en sus pautas de vida acostumbradas. Es un hecho comprobado: algunos ambientes despiertan en nosotros las más hermosas disposiciones latentes, mientras que otros aguijonean peligrosamente la fiera oculta en lo más profundo de cada uno de nosotros.

Con frecuencia este fenómeno es más visible en los niños, ya que la capacidad para oponerse a las influencias del ambiente no se desarrolla sino con la edad. Así, suele ocurrir que un niño calificado de «difícil», «hiperactivo» o «turbulento» en un contexto dado (en la escuela, por ejemplo) se muestre muy agradable, cooperador, de trato fácil, en otro distinto (actividades extraescolares, cambio de colegio, etc.).

Una cultura individualista, como lo es la nuestra, tiene sus ventajas y sus inconvenientes. Entre éstos destaca especialmente la muy escasa capacidad para crear y preservar ambientes sanos y estimulantes dentro de los perímetros en que se mueven nuestra vida, nuestros estudios y nuestro trabajo. Se valora por encima de todo al individuo, sin atender al contexto general en que aquél evoluciona, pese a que la influencia de dicho contexto dista de ser desdeñable.

El malestar de la vida en compañía es una de las características principales de la sociedad occidental moderna, y se traduce en unos ambientes detestables, donde cada individuo procura moverse como un aventurero en la selva. Si bien esto puede desarrollar efectivamente en algunos un cierto género de fuerza interior, desde luego no favorece la calidad de la vida colectiva.

Ahora que ha cundido la moda del «desarrollo personal», no estaría de más recordar que el individuo sano y equilibrado que se haya tomado el tiempo necesario para cultivarse y desarrollarse no existe en soledad, sino que evoluciona dentro de un medio social. Y que dicho medio quizás está enfermo, y además puede evidenciarse patógeno para quienes lo habitan. Cierto que podemos tratar de no contaminarnos, como se ha comentado en los párrafos anteriores. Pero esa resistencia tiene un precio, porque requiere esfuerzo y una gran cantidad de energía que, por consiguiente, no podrá dedicarse a otras cosas. Además del desarrollo personal sería preciso plantear un «desarrollo colectivo» o «desarrollo social», y ponerlo en práctica. Se trataría de crear un medio que respondiese a las necesidades propias de ese individuo, pero favorecedor, al mismo tiempo, del despliegue de las posibilidades de los demás (y digo «favorecedor», porque el individuo siempre queda en libertad de aceptar o de rehusar las influencias que recibe, aun las positivas).

Lo que pretendo subrayar aquí es, sencillamente, que conviene trabajar al mismo tiempo en lo individual –es el tema al que he dedicado atención prioritaria en todo este libro– y en el plano colectivo. Puesto que no todo el mundo tiene la misma capacidad para sacar partido de las condiciones adversas a fin de confortarse y engrandecerse, importa asimismo trabajar para mejorar el medio en que estamos sumergidos, el contexto general, con objeto de favorecer la evolución de todos. La metáfora de la víbora de Quinton no debe interpretarse como una visión elitista de la evolución, que dejase rezagados a cuantos no lograsen emanciparse de unas condiciones exteriores difíciles. Sino que sugiere también que los que han cumplido su obra de adelantados, de primeros en alcanzar una mutación interior, tienen luego el deber de crear mejores condiciones externas, que favorezcan la evolución de los demás.

¡Cuánto camino recorrido con esta metáfora de la víbora de Quinton! Hemos visto, para empezar, que el medio ambiente ejerce de manera natural una influencia sobre quienes lo habitan y tienden a buscar la ósmosis con él. A continuación, en un segundo momento, hemos subrayado la posibilidad de oponerse a la degradación de ese medio, de conquistar una autonomía e independizarse de aquél. A continuación, superando, o mejor dicho prolongando el razonamiento de Quinton, enriquecido por otros descubrimientos más recientes, hemos demostrado que el hombre, potenciado gracias a las transformaciones que ha inducido en sí mismo para sustraerse a su medio, puede luego transformar ese mismo medio para hacerlo más conforme a sus valores, y para que los demás puedan beneficiarse también de sus progresos.

«Lo que no me mata, me fortalece», escribió Nietzsche. Lo que me falta exteriormente, lo desarrollo dentro de mí, decía Quinton a su manera. Lo que he desarrollado dentro de mí, lo comunico a mi alrededor para beneficio de todos, como demostraron los Jesús, Gandhi o Mandela de la Historia. Recibir influencias para influir cuando llegue el momento. Alzarse por encima de los demás, para elevarlos luego. En eso consiste el movimiento pendular entre lo individual y lo colectivo, que proporciona alternativas y ritmo a la evolución.

Conclusión: ¿hervidos... o no?

Hemos llegado a la estación término de este «Viaje al País de las Alegorías» en siete etapas. Espero haber transmitido la afición a la metáfora, y una idea de las enseñanzas que podemos extraer de los fenómenos naturales, a poco que nos tomemos algún tiempo para observarlos. La naturaleza es como un gran libro. Todo es símbolo, todo habla a quien poco a poco va descifrando su lenguaje y aprendiendo a leer las correspondencias entre todas las cosas. Allí donde muchos no ven más que caos y azar, otros distinguen orden y sentido. Fenómenos que a los ojos de algunos parecen distintos, separados, sin relación alguna, a los nuestros se revelan estrechamente vinculados, conectados, interdependientes. Los símbolos, las metáforas, nos sirven para reconstruir esos vínculos y enlazar –esta vez, conscientemente– con el mundo que nos rodea.

No es casual el renovado y muy vivo interés que merecen actualmente los rituales, y que se manifiesta en libros, artículos y cursillos sobre el tema, dirigidos al uso personal, familiar o profesional. Precisamente los rituales se fundan en los símbolos y en las correspondencias. La vela que encendemos simboliza la llama del espíritu que deseamos encender dentro de nosotros. Los objetos que enterramos representan los elementos de nuestro pasado de los que deseamos deshacernos. El árbol que plantamos evoca una nueva creación, un nuevo comienzo... Cada gesto que realizamos durante un ritual encuentra su correspondencia en nuestro interior. A medida que cobramos conciencia de que todo está unido, vinculado, conectado, más nos inclinamos, como es obvio, a utilizar estas conexiones sirviéndonos de los rituales para favorecer una transición, marcar un tiempo fuerte, oficiar un duelo o celebrar un acontecimiento dichoso.

La primera etapa de nuestro trayecto, por tanto, es la toma de conciencia. La conciencia actual, demasiado mental, analítica y narcisista –como Narciso, el hombre contemporáneo se halla hoy absorto en la conciencia de sí mismo, que le confiere su capacidad para reflexionar– debe ser remplazada por una conciencia más intuitiva, sensible, profunda, que no se detenga en las apariencias, que atraviese la superficie reflectante del espejo mental para acceder a una percepción del mundo más rica y más completa. Narciso, que contemplaba su propio reflejo en el agua, acabó por caer en el estanque y se ahogó: ¡buena metáfora para nuestra conclusión! ¿Sabía usted que Narciso ha dado lugar a las palabras «narcosis» y «narcóticos»: aquello que duerme, que ilusiona, el sueño de la muerte (con narcisos se adornan las tumbas)? El que elige ser consciente manifiesta preferir la vigilia al sueño, rehusa el aturdimiento y el embotamiento, prefiere la vida a los paraísos artificiales, a los universos virtuales. Es la elección de abrirnos a los demás, de restaurar lazos, al contrario que tantos juguetes actuales encaminados a aislarnos individualmente en burbujas artificiales. Sí, Narciso debe morir... pero morir para una existencia limitada e inconsciente. Sí, debe atravesar su reflejo, quebrar el espejo del agua... pero para acceder a otra dimensión, a una conciencia más grande que la mera conciencia del yo. El hombre adquirió la conciencia de sí mismo gracias a su córtex, a lo mental, y eso lo diferenció del mundo animal. Pero esa individuación no es un fin en sí misma, como tampoco lo es el aislamiento de la crisálida en su capullo. Es el preludio de una nueva participación en el mundo, una vez roto el capullo y superado lo mental. Las diversas disciplinas del yoga, la oración, la meditación y la contemplación liberan en nosotros otras tantas posibilidades, activan otras percepciones y despiertan funciones latentes que nos permiten trascender nuestro ego.

Pero entonces, en fin de cuentas, ¿no estaremos ya medio hervidos? Todavía no, indudablemente, pero el fuego está encendido debajo de la cazuela. ¿Tendremos el final de la rana, o nos liberaremos como la mariposa? ¿Moriremos sofocados en el huevo, o romperemos la cáscara con la fuerza de nuestras conquistas interiores? ¿Daremos el salto evolutivo, o como la víbora seguiremos siendo espiritualmente unos reptiles?

Aunque esa elección le corresponde a cada uno individualmente, al mismo tiempo estará influida por la proporción de los que, entre quienes nos rodean, hayan preferido la opción evolutiva a la entropía mortífera. Es muy probable que, superada una determinada proporción (masa crítica) de individuos evolucionados, el cambio les resulte mucho más fácil a los seguidores, sin dejar de ser consecuencia de una decisión consciente por parte de cada uno. Como nos ha enseñado el bambú chino, es posible que los cambios invisibles que muchos a nuestro alrededor tratan de realizar conduzcan, llegado el momento, a una transformación exterior sorprendente y rápida. Ésa es la esperanza que me anima y el deseo que expreso.

Notas

[1] Omraam Mikhaël Aivanhov, *Le langage des figures géometriques*, Éditions Prosveta. (*El lenguaje de las figuras geométricas*, Asociación Prosveta Española, 2003.)

[2] Parece que esta alegoría fue propuesta por primera vez en el libro de Marty Rubin, *The Boiled Frog Syndrome*, publicado en 1987.

[3] Algunas, por cierto, llegan al extremo de enseñar cómo vivir los sueños conscientemente, por ejemplo la vía tolteca descrita por Carlos Castaneda, o el budismo tibetano y en especial las Seis Yogas de Naropa, una de las cuales se consagra especialmente a la actividad onírica.

[4] Dicho sea de paso, yo mismo descubrí las primicias de esta alegoría de la rana durante mi paso por el instituto, cuando se me encargó la iluminación de una función teatral. El escenógrafo me pidió que

todos los cambios de luces se realizaran de una manera tan lenta, que no fuesen advertidos por el ojo del espectador. Y así aprendí, no sin asombro, que efectivamente, cuando la variación es muy lenta, por debajo de un determinado umbral, únicamente la memoria podría indicarnos por comparación que ha cambiado algo respecto de la situación anterior.

[5] Algunos estudios sugieren que nunca se olvida nada, y que todo deja una traza. Por «olvido selectivo» entiendo sobre todo el hecho de despejar la «memoria viva», la que utilizamos más corrientemente, como cosa distinta de la «memoria muerta», del «disco duro» que contiene todos nuestros recuerdos, sumergidos a mayor o menor profundidad.

[6] Para poner algunos ejemplos, O. M. Aivanhov para el mensaje cristiano, el lama Yeshé entre los tibetanos, don Miguel Ruiz para los toltecas, Sobonfu Somé por la sabiduría africana, y tantos otros.

[7] O. Clerc, *Vivre ses rêves: techniques pour programmer ses rêves et induire des rêves lucides*, Hélios, 1983.

[8] A este propósito se recomienda la obrita de Rene Blind y Michael Pool *Éduquer l'homo zappiens*, Éditions Jouvence.

[9] Lo que falta más que nada es tiempo y disponibilidad para la detección de estos casos, teniendo en cuenta que, sobre todo en la escuela pública, hay demasiados alumnos por clase para que el maestro

pueda establecer con cada uno de ellos una relación personal.

[10] Sobre esta cuestión se puede leer con provecho a Andy Bernay-Roman, *Sentiments profonds, guérison profonde*, Éd. Vivez Soleil, 2004.

[11] Esta agravación, la mayoría de las veces no es sino aparente, y consecuencia de la mayor lucidez de conciencia que aportan las mismas prácticas.

[12] Salvo realizando un análisis edafológico del suelo, o de los frutos y hortalizas que el mismo produce.

[13] Médica, tanatóloga y conferenciante sobre el arte de acompañar a enfermos terminales de origen suizo y autora de varios libros, entre ellos *La muerte, un amanecer.*

[14] Filósofo y pedagogo francés (1900-1986) de origen búlgaro, autor de muchas conferencias y charlas basadas siempre en el ser humano y su aspiración de conseguir una mejor comprensión de sí mismo y una mejor conducta en su vida.

[15] Léase especialmente Jean Liedloff, *Le concept de continuum*, un superventas en varios idiomas, publicado en francés por Éditions Ambre en 2005. (*El concepto del continuum: en busca del bienestar perdido*, Editorial Ob Stare, 2003.)

[16] Esta metáfora está tomada de las obras de Edward De Bono *Lateral thinking* (*El pensamiento*

lateral: Manual de creatividad, Ediciones Paidós Ibérica, 1998), *Serious Creativity, Five-day Course in Thinking* y también *Why so Stupid?*

[17] En las escuelas Montessori, por ejemplo, los niños dedican mucho tiempo a manipular objetos frágiles, vasos, botellas, tazas de vidrio o porcelana, así como a realizar otros gestos cotidianos, de manera que aprendan a ejecutarlos con soltura y precisión. De este modo salen mucho menos torpes que otros niños, con los que nadie se ha tomado la molestia de enseñarles eso.

[18] De manera justa no es lo mismo que perfecta. La perfección sólo se consigue con las repeticiones y el entrenamiento. Se puede leer una partitura con justeza desde la primera vez, pero será preciso tocarla cientos de veces antes de pretender una verdadera interpretación.

[19] Inventó además un teclado ergonómico, disponiendo las teclas en forma de «V» para evitar posturas antinaturales de las manos, que son causa frecuente de problemas en las muñecas.

[20] Éditions La Baconnière, 1992.

[21] Lo cual no significa que sea preciso renunciar al uso *congruente* de los medios disponibles para atenuar el dolor. Un sufrimiento insoportable puede traumatizar tanto a la madre como al hijo. Pero, por otra parte, la ausencia de toda sensación (como se pretendía en los primeros tiempos de introducción de

la epidural) puede transmitirle a la mujer la impresión de que le han «robado» su parto.

[22] Sobre esta cuestión véase S. Grof, *Royaumes de l'inconscient humain*, Éditions du Rocher, 1983, y *Psicología transpersonal: nacimiento, trascendencia y muerte*, Editorial Kairós, 2006.

[23] He empleado esta metáfora en una obra anterior, *Médécine, religion et peur: l'influence cachée des croyances*, Jouvence, 1999, para explicar de qué modo la medicina moderna desde Pasteur recibe sin saberlo la influencia de una poderosa corriente religiosa que afecta a sus dogmas, sus prácticas y sus investigaciones.

[24] Pedagogo, profesor de enseñanza media y superior, director de investigaciones en el INRP y el CNRS de Francia, encargado de curso en París VII, en la actualidad André Giordan es profesor universitario en Ginebra. Ha escrito entre otras obras *L'enseignement scientifique à l'école maternelle*, Delagrave, *Une autre école pour nos enfants?*, Delagrave y *Apprendre!*, Belin.

[25] Este ejemplo, y ese libro, me parecen interesantes por cuanto opino que la postura actual consistente en negar las diferencias, en vez de aprender a gestionarlas y aprovechar esa riqueza, conduce a un callejón sin salida. Esa postura es tan ineficaz como la astucia que creyó descubrir el chófer de un autobús escolar en el que andaban a la greña todas las mañanas los alumnos blancos y los negros. El con-

ductor detuvo el autobús e hizo que se apearan todos, para explicarles que en adelante no habría blancos ni negros, sino que todos eran azules... antes de ordenarles que volvieran a subir, los de color azul oscuro delante y los de color azul claro detrás.

[26] Éditions Souffle d'Or.

[27] Salvo catástrofe mundial, que algunos, dicho sea de paso, profetizan. Pero el fin del mundo que anuncian quizá no sea más que el fin del mundo *de ellos*. En espera de ver lo que nos reserva efectivamente el porvenir, es preferible alimentar con nuestras esperanzas una previsión optimista. Si dejamos que nos paralice el miedo, atraeremos precisamente sobre nuestras cabezas lo que más tememos. El porvenir será lo que nosotros hagamos de él.

[28] Viktor E. Frankl, citado anteriormente, hallándose en el campo de concentración elaboró una clasificación muy simplificada de los seres humanos, que por cierto aplicaba lo mismo a sus compañeros internos que a los guardianes: «Están los rectos (*anständig*, en alemán), que saben comportarse con rectitud, y los que no saben.»

[29] Algún día, tal vez algún realizador se decidirá a obsequiarnos con una película dedicada a este personaje excepcional de la Historia francesa, que se presta muy bien a ello.

[30] En realidad, el medio interior permite mantener varios parámetros originarios más, aparte la tempe-

ratura. Aquí he simplificado para no alargar la explicación.

[31] Por lo general, se enseña sólo la teoría de la evolución según Darwin, que presenta notables diferencias con la de Quinton. No me ha sido posible localizar una crítica de fondo a la teoría de Quinton. Sin embargo, lo seguro es que presentaba, en su época, el «defecto» enorme de implicar algún tipo de *intención* en la aparición sucesiva de las especies, siendo así que el objetivo de la vida, según Quinton, consistía en preservar las *constantes* (temperatura, salinidad, etc.) del medio originario. Como sabemos, la ciencia, por reacción frente a la religión, no escatimó esfuerzos por desterrar toda noción de *teleología* en la evolución de las especies. Pero más recientemente, algunos científicos como Michael Denton, el autor de *L'évolution a-t-elle un sens?*, han aportado sólidos argumentos a favor de la idea de que la evolución pueda obedecer a una cierta intencionalidad, y no exclusivamente al azar. En cualquier caso, ese debate todavía no está cerrado.

[32] Éditions Souffle d'Or. Original: *The Cultural Creatives: How 50 Million People Are Changing the World* (*Los creativos culturales: Cómo 50 millones de personas están cambiando el mundo*), Three Rivers Press, 2001.

COLECCIÓN
Palabras abiertas
Libros con mensaje
MITCH ALBOM
MARTES CON MI VIEJO PROFESOR
UN TESTIMONIO SOBRE LA VIDA, LA AMISTAD Y EL AMOR
MAEVA
Mitch Albom
Las cinco personas que encontrarás en el cielo
MAEVA
Stanley Bendelac
Nunca tires la toalla
Casi todo lo que he aprendido en publicidad y que, en realidad, vale para cualquier cosa en la vida
MAEVA
TONY HENDRA
EL HOMBRE QUE SALVÓ MI ALMA
Una historia real sobre el poder de la amistad
MAEVA
Jan Goldstein
Lo que de verdad importa
MAEVA
Lydie Violet y Marie Desplechin
Premio Médicis de ensayo
Salvar la vida
Un auténtico himno a la existencia humana
MAEVA
Gwyneth Lewis
Tomando el sol bajo la lluvia
MAEVA
MAEVA